奔跑如风

鲁求平◎著

時代文藝出版社

图书在版编目（CIP）数据

奔跑如风 / 鲁求平著．—长春：时代文艺出版社，2020.7

ISBN 978-7-5387-6275-4

Ⅰ.①奔… Ⅱ.①鲁… Ⅲ.①散文集－中国－当代 Ⅳ.①I267

中国版本图书馆CIP数据核字（2020）第005400号

出 品 人　陈　琛
产品总监　邓淑杰
选题策划　凌　翔
责任编辑　刘越新
助理编辑　刘　力
装帧设计　孙　利
排版制作　隋淑凤

奔跑如风
鲁求平 著

出版发行 / 时代文艺出版社
地址 / 长春市福祉大路5788号　龙腾国际大厦A座15层　邮编 / 130118
总编办 / 0431-81629751　发行部 / 0431-81629755　北京开发部 / 010-63108163
官方微博 / weibo.com / tlapress　天猫旗舰店 / sdwycbsgf.tmall.com
印刷 / 三河市万龙印装有限公司
开本 / 640mm × 910mm　1 / 16　字数 / 164千字　印张 / 13.25
版次 / 2020年7月第1版　印次 / 2020年7月第1次印刷　定价 / 27.00元

目　　录

辑一　时光往事

辑二　依依深情

辑三　岁月留痕

辑四　教育散记

辑五　成长况味

辑六　凡尘有感

辑一／时光往事

小河夏日情

多少年来，门前的小河默默地流，带走了乡亲们岁月的艰辛，也记住了两岸人的欢声笑语。

夏日，河水上涨，大人们并不开心，而小孩子却欢呼雀跃，白天泡在水中，像鱼儿一样翻腾，一洗就是大半天，家长呼喊不上岸。晚饭过后，节目就更丰富了，小孩子们不约而同地走向河堤，月光下，三三两两，男男女女，乘凉聊天唱歌散步，就像逛庙会一样，开始在本村晃来晃去，后来有胆大的竟然跑到邻村甚至到河对岸去折腾，岁数大的青年们已经是醉翁之意心有所想了，好几对就这样喜结良缘。河水清亮，月色溶溶，见证着这些浪漫的农村版恋爱故事。

也有不爱闲逛的，便去捕虾，找几片土布，最好是白色的，裁成方块，四角穿线用一根半长竹竿挑着，这样虾网就做好了，形似春天小孩郊外放飞的纸鹞，往往一做就是很多张，用芝麻炒米面做诱饵。提着马灯，来到河边，每隔三五步插一只虾网，下网时别忘了放一块断砖或碎瓦，便于沉底，那河虾特别多，站在水中它就咬你腿，轮番起网，一晚能捕数斤。虾白如雪，晶莹通透，味道鲜美，价钱也不低，三四角一斤（二十世纪八十年代初），小的就自家吃，吃不掉就晒干，留着冬天大人下酒。

终于，七月初的雨季来了，昼夜下个不停，家中泥巴墙角湿漉漉的，长了一层毛，河面越长越高，水流湍急，站在河堤上都能够洗脚了。大人们在公社的组织下早防汛了，来往的船只在河里行驶的速度过快是要被训斥的，怕浪大影响河堤。小孩子把树枝插入水中，天天测量河水的升降，并把结果告知大人，密切关注着水情，其实大人早有自己的测量标志，他们没日没夜地外出防汛，却把焦急放在心底。

老天不因为人的担忧就停下它肆虐的脚步，雨一直在下，丝毫没有停止的迹象，河水继续上涨。防汛民工们夜以继日地干活，一条土埂在河堤上垒起，不宽却有半人高，后面打着撑子，粗大的木桩正好堵住了大门，住在河堤上的人家进出很不方便，但没有人说话，大家都忧心忡忡地盯着河水。

空河堤上搭满了帐篷，一个挨一个，那是圩心低洼处的人家，田野里早已一浪白，老屋也淹了，只好搬到河堤上临时将就一下。1983年的江北农村，当时那个穷啊，没什么家具，一个帐篷里支两张破床就是全部的家当。这时有谁在河堤上闲逛瞎唱是要被挨骂的，巡逻更加紧了，公社干部半夜来查岗，手中都拿着棍棒，其实谁也睡不着，民工们累了就在屋檐下靠一会儿，饿了吃点儿干粮，坚守着岗位，护卫着家园。

坏消息不停地传来，某个圩堤破了，淹死了好多人。大人们便偷偷地把老人小孩送到山里的亲戚家，早跟亲戚讲好一旦破圩，第一时间过来帮忙抢稻子，涨水时稻子还没有熟，圩破了就不管了，能抢多少是多少。又听说本圩一处排灌站遇险，很多人去了，有人下到管道里把水堵住了，险排除了，可人再也没有出来，一时间人心惶惶，情况糟透了！

好几天没有下雨了，云层很厚，天阴阴的，好像余怒未消的样子。太阳终于露出久违的笑脸，河水几天没涨了。可防汛依然在继续，干部依然半夜进村查岗。

河水在下落，一寸两寸，田里的稻子也露头了，喜讯频传，大人们的眉头开始舒展了，空河堤上有人散步了，人们看到了希望。过了一段时间，老人孩子从山里陆续被接回，空河堤上的帐篷也拆掉了。后来也下了几场雨，大家却不像先前那样紧张了。

空河堤上又传来嘹亮的歌声，月光依然美丽，只是天气开始转凉了。河堤上的土埂在冬修时被加宽了，人们心里更踏实了。

小河冬日情

家门口的那条小河，充满了沧桑感，如要追溯它的过往，就连村子里几位最年长的老者也说不出个子丑寅卯来。

儿时的我总觉得小河很宽，一个猛子都扎不过去；很长，不知道上通哪儿下连何处，那河水总是永不停息地流着。这条小河承载着我儿时最快乐的时光。

冬季的小河，就像是被人从河底下把水抽走了一样，河水枯落，远远看去像一条细长的白练弯弯曲曲，伸向远方。河滩暴露得坦坦荡荡，靠近水边松软的泥土上，不知哪个小孩留下的一串串歪歪斜斜的小脚印清晰可见，空气中似乎还回荡着孩子们玩耍时银铃般的笑声。河堤上一簇簇的狗尾巴草已经枯黄，在寒风中摇摆。

家乡的村庄都傍河而建，用来固堤防水的柳树长在河堤半腰上，黑而浓的柳树根任性地裸露在地面，它似乎在无声地提醒人们夏季的洪水是怎样的波涛汹涌、惊心动魄。

那时，每至假日，我总会邀几个小伙伴来到河滩上，一边赛着打水漂，一边在河滩上搜寻着“奇珍异宝”。到了河滩边，就会有与水亲密接触的机会。少时的我，对水有着一种近乎天然的亲近感，拿起一块瓦片，甩一个水漂，那快乐就像水花四面荡开。运气不错时，隔着小河，看到对岸的同学。几天不见，有话要说，你一句，我一句，水漂就扔得格外带劲，漂过水面，飞奔对岸，捡起来就扔了回去。太阳挂在天空，隔着河有一群少年，水漂在窄窄的河面滑行，这样的聊天何等惬意。

也有不爱玩水漂的，便去捕鸟。捕的是翠鸟，记得当年小学课文《翠鸟》上写道：“翠鸟为防敌人把洞安在陡峭之处。枯水的冬季，对岸陡峭的河堤上就有这样的洞。三两个顽皮的孩子带着工具出发了，来到目的地，架起人梯，体重最轻的站在上面，接近洞口时，拿出一片丝网将它蒙住，再用一根竹棍穿过网眼插进去，胡乱地搅几下，便抽出来，两手紧按住丝网，静待奇迹发生，果然，翠鸟迅速向外蹿来，一头撞进网中，在大家兴奋的呼喊声中，毛孩子手抓翠鸟缓缓下落。当然，这样好的运气并不多，大多数的洞里面都是空的。”

抓住翠鸟后立刻要捕鱼，希望课本上的一幕出现在眼前，可那腿上系着长线的翠鸟只是无精打采地站着，一点儿捕鱼的欲望都没有。有人说可能是饿了，便捕鱼喂它，可那鸟不解风情，一点儿也不给面子。一天天过去，依然如故，鸟也好像瘦了，毛孩们的耐心一点点被剥落了，有人提议放了，大伙儿虽不甘，也只能如此。没有了羁绊的翠鸟，瞬间箭一般飞走了，与先前的懒洋洋判若两“鸟”。

现在想来，鸟儿如此这般，应是自由的动力。

终于，进入深冬，农闲了。江北水乡家家都支起了草包机，用稻草织草包搞创收。织草包，可坐在高凳上织，也可站着织。站着织，步子时左时右，一手臂尽量伸直，像跳交谊舞。上绳、递草、压板一气呵成，草包便像挂面一样冉冉下垂。户户传来的是一长一短的吱呀声，清晨响到深夜，那是生产的号角、动听的音乐。

大人织，小孩也有任务——搓草绳。领了任务，谁也不愿在家中干活（家里冷，还受监督）。阳光下的河滩是我们这些孩子们最愿意去的地方。就着河边柳树干起个头、打个结，把一束稻草夹在两腿之间。于是，两手之间的草绳变魔术一般，源源不断，越来越长。不比赛，就很悠闲，甚至还能谈天说地。一旦比赛就比较激烈，个个憋足劲儿，两手不停搓，快速向前移，有时旁边还有啦啦队亲友团，搓草声、呐喊声、助威声，声声入耳，赢得来往船只上的船员也放慢速度鼓掌喝彩，那场景之热烈和壮阔一如农村版的奥运会。比赛结束，回头一看竟有三四百米长，不论胜败都怀着喜悦的心情将绳子团起来，绳穗子一层层加大，直到沉甸甸的，像成熟的仙桃。

河滩上留下的是孩子们快乐的足迹。

稍微长大后才知道，家门口的这条河叫西大河，上连无为凤凰颈大闸，下穿无城，过巢湖玉溪闸，流进长江。1988年小河在南都圩段的两端筑起了坝子，在南都圩中间穿过一条人工河，据说，是因为原先小河弯道太多，水运不安全，并时常闹水患。从此，小河的水不再流淌，夏不涨，冬不落，满满的就是那么多。后来每隔几里就筑一个坝子，农民养起了鱼蟹。

鱼蟹的饲养，给家乡人带来了不少的实惠；坝子的修建，让交通便利了，结束了两岸自古以来天然阻隔的局面。但每当冬日来临，我依然常常念起儿时的那条小河，那裸露的河滩，悠悠的水漂，打仗似的搓绳，曾给儿时的我带来几多欢乐、几多遐想。

少年的梦

小时候读书转学转得比较频繁，小学阶段就换了四所学校。

说是学校，有时就是老师的家。堂屋中间放几排课桌，学生从自家中带来板凳，墙上钉上钉子，挂块小黑板，这样就完成了教室的布置。

小学三年级的时光就在邻村的潘老师家中度过的。课间休息时，潘老师就安排午饭，调皮的同学竟折纸飞机扔向老师的厨房，飞机落在锅盖上，老师也不生气。胆大的同学趁老师不在时，溜进灶房，偷窥锅里的饭菜，甚至顺手牵羊还尝一口。

放学回家，需穿过一条很窄的塘埂。潘老师就要求学生排队行进，由班长维持纪律，经过某个同学的家时，这个同学才能离开队伍，这样队伍始终不乱。开始大家都能遵守，后来就不干了，一旦穿过危险地域来到大河埂时，大家就作鸟兽散了。

不管怎样，还就没有出现什么重大事故。现在想来，那位年轻的潘老师比较重视安全教育，很有方法也很有见地。

四年级来到一所比较正规的学校。三间草屋，山墙隔开，中间是教师办公室，两边是教室，采用的是复式教学，一三年级，二四年级。草屋后面有个厕所，还分着男女。以前读书只有十几名同学，现在竟有三四十名同学，特高兴，下课时就在操场上玩耍，还看到小女孩和男生讲话、打闹，简直不可思议。

只是这所学校离家远了点儿，隔了好几个村子，远点儿其实也不算啥，本村就有好几位一道，最难以忍受的却是另外一个事。

班上人很多（其实一共也不过二十多人，是教室太小了），我的座位与教师是平行的，甚至比讲台更靠前，看黑板需要把脖子扭过去，再扭过去，很难受。

不敢跟老师讲，回家和妈妈讲，妈妈虽不识一字，但办事果断，第二学期便毫不犹豫地把我转到对河的一所学校——夹河学校。

在当时的农村，夹河学校可以说是贵族化的豪华学校。三栋砖墙瓦顶的校舍加一道围墙，就构成了一个美丽的校园，春天里绿草如茵，夏日树荫凉风吹，秋天里有菊香弥漫，冬日做体操取暖。校园外就是一个“巨大”的运动场，早操时数百名同学奔向操场齐刷刷站立，那声势确实浩大。墙外拐角处有三个乒乓球台，乒乓球爱好者可以在那儿大显身手。

对我来说，最好玩的地方则是学校后面一望无垠的田野。同学阿豆就是住在学校附近，对周边环境非常熟悉，经常带我和阿坤攻村拔寨、漫步田野，一去就是数里，也不知找寻什么，只觉得那儿有无穷的奥秘、无穷的乐趣。哪怕，夏天水田里的一个黄鳝洞，秋天给枯草来一把火，冬天里躺在阳光下的衰草上小憩一下，都是那样地让人流连忘返、乐不思蜀。只有急促的铃声才让我们止住前行的脚步，匆匆返回，老师早瞪着眼站立在门口。

夹河学校，当时从一年级到初三，后来到初二，再后来就变成只有小学几个年级了。

那儿，留下我四年的美好记忆。

二十多年过去了，偶然一次回到母校，心中竟有一种怯怯的感觉，近了近了，看到围墙了，大洞小孔，破败的样子，好像多年未修了。那校舍还是多年前的模样，只是更破旧了，球台也不知去处，不敢想象那给我留下很多欢乐和梦想的校园里又是一番怎样的景象。我止住了脚步，怕打碎心中那个美丽的梦，不想被现实的尘埃遮住了双眼。

一道去的是妻，她进去找老师办事，我就在校园外的操场上逗留了一会儿。

回去的路上，妻似乎明白我的心思，说："学校就要迁址了，所以才这样破烂不堪。"

我回过头去，校园后面，依然是那一望无垠的田野。

六月的雨

坐在窗前，我凝视远方，外面的天空是灰蒙蒙的，像罩上了一层薄纱，雨丝密密地坠落，河面上全是小水花，一圈一圈消失又出现，浑浊的河水迅疾地流淌，漩涡鱼儿似的在水中旋转、翻腾，窗玻璃上水珠在滑落，一杠杠的，满是水迹——夏天的雨季正在江淮大地肆虐。

学校临近期末，中考成绩已经发布，千家万户都沉浸在喜悦或者纠结中，为孩子的志愿和未来，这不禁让我想起当年参加中考的那段时光。

那是多雨的六月，我坐在县城杏花泉小学一个班级靠窗的座位上，作文是《雨中》，我看到窗外梧桐树叶，在雨中湿漉漉地随风摆动，触景生情，落笔成文，写到母亲冒雨为我借钱交学费摔伤了腿的情景，写到父亲穿着蓑衣在田野里辛勤劳作的画面……

那年中考语文拿到了高分，我总是固执地认为与我临窗而坐，近距离感悟雨中之魂有关。

月底，我接到师范的录取通知书。到县城体检需早起动身，又是一个雨天，父亲和我一人打着一把借来的雨伞，赤脚走在田野里，父亲腰间别着我的拖鞋，显得精神抖擞。那时的父亲四十多岁，身体健壮，脚踏地上，落地有声，而我深一脚浅一脚地在窄窄的田埂上行走，显得异常艰难。天亮时，我们赶到码头，老师等在那儿，父亲原路返回，望着伞下父亲那轻松的背影，我的心头一酸。

父亲今年八十多岁了，背有点儿驼，但那雨中转身离去的背影一直定格在我十七岁的记忆中。

和她分手是在师范毕业后的雨中。那天，我在一个古镇等她，从早晨等到中午，从中午等到傍晚，没等到她却等来了一场暴雨。我骑着自行车在雨中突围，三十多里的路，从丘陵山区到水乡田野，开始，是人骑车，后来是车骑人，赶到家里，衣服都摔破了，卧床数日，像生了一场大病。

不久就收到她的来信，意料之中的内容，那场六月的暴雨在浇灭了我的激情、祭奠了第一次恋爱的同时，也告诉我生活中不全是阳光，也有雨季。

女儿出世也在夏天，那个六月雨下得昏天黑地，我一直苦恼找不到好词为女儿起名字，字典翻了好几遍，又把亲朋好友家小孩的名字反复琢磨，就是找不到合适的。窗外的雨慢一阵、紧一阵，恣肆飘洒。突然，我灵光乍现：雨，水也，我的姓“鲁”上有鱼，鱼水情深，很好啊，这样，女儿的名字敲定了。后来，长大了的女儿经常奚落我，起名字太马虎、太随意，看到雨就用雨，那看到狗呢？并威胁说，十八岁后，换名字。但也就说说，现在，上大学的女儿经常把自己的名字练得龙飞凤舞，感觉她快要成名人了，时刻等着给粉丝签字呢。

成长的过程，如竹笋拔节，有喜悦、有苦痛，也有收获。六月的雨，如破茧的蚕丝，牵出了我心中万千思绪，总让我怀想不已。

玩在少年

夕阳坠落在西边的山头，像一块崭新的红布钉在纯净的天幕上，暮色也就慢慢落下来，不知什么时候风吹了起来，几十亩的芦苇荡就像海浪一样起起伏伏，伴随着哗啦啦的声音，听起来有点儿瘆人，三四头牛也不知跑到哪儿去了。

可我们才不管这些呢，我们正在玩“造船”游戏。取又大又宽的芦苇叶子，两头折叠，以茎为界，交叉穿过，中间隆起为帆，船的外壳就做好了，还要加以修饰，另取一片叶子做桨，局部加固，船舱里点缀些碎花，这样就可以扬帆起航了，船入水中，任其漂流。小伙伴多了，还可以比赛技艺，看谁的船做得精巧漂得远，看谁的船牢固能经受住人造风浪。岸边伙伴们的欢呼声惊起了栖息的水鸟，鸟儿扑棱着翅膀在芦苇荡的上空嘶鸣、盘旋，那是我们最开心的时刻。

不知是谁说一声，牛呢？我们便像丢了魂似的，四处寻找。

少年时候，身边有无穷无尽的乐趣，玩的东西也特别多，男孩除了放牛、“造船”外，还喜欢捕鱼捉虾。

买一些黑钩子和丝线，用黑乎乎的镰刀砍来有弹性的柳条，就可以做成弹钓。弹钓用来钓黑鱼，很灵的。夏天那血红的太阳落山后，我们背着做好的弹钓来到塘沟边，随手活捉几只土青蛙穿到钩子上，柳条根部插在水边的土里，不可太深也不可太浅，太深弹性不足，上大家伙容易折断，太浅弹钓会被鱼拖走。钩子悬浮在水面上，活的土青蛙在不停游动，溅起的水花啪啪直响。黑鱼是食肉动物，如何禁得起这样的诱惑，看到青蛙就会像老虎扑食一般冲过来。

天还没亮，我就从床上爬起来，来到阿玉家的窗下，打一声口哨，阿玉家的门便吱呀开了。阿玉一边揉着眼屎一边打着哈欠，我们睡眼蒙眬地走到塘边，定睛一看，一条黑家伙卧在弹钓旁边。我们精神大振，睡意顿消，悠悠地把弹钓拖起来，挣扎了一夜的黑鱼早筋疲力尽，乖乖地上了岸。也有个别大家伙力大无比，不肯就范，我们就下水，用篓子套它的头。一早上收获就是好几条，足有六七斤之多，不舍得吃，送到对河的国营代销店，一毛二分钱一斤，那里的人吃得起。我们留一点儿私房钱，剩余的全部换成糖果。然后，我们一路吃着糖，一路打打闹闹地跑回家，那个欢喜满足的样子，就是拿皇上换也不会干。

我们也玩捉翠鸟、挖老窝等，最有趣的则是躲猫猫。躲猫猫就是捉迷藏，随时随地都可以进行，不受时空限制，当然最适合玩的是春秋天的晚上，不冷不热。明月当空照，河水兀自流，十几个小孩聚到河边村头，先要确定“娘家”，一般就是村头那棵大榆树，将人分成两组，再定好躲的范围，躲猫猫游戏就正式开始了。

一组躲，另一组找，躲着的人被找到并抓住算失败，躲过找的人顺利回到娘家碰到树身为赢。躲组全部回到娘家奖励重躲一次，全部被找到并抓住，对方躲两次，这个游戏成为躲者更有趣。躲进河堤下面，躲进院墙根下，也有不躲的，就靠奔跑的速度强对抗，这个特别带劲儿，经常在河堤上看到一前一后似豹追狡兔、猛虎下山，快如闪电，疾如旋风，连喊带叫，气氛热烈。

最阴森恐怖的就是躲进厕所，外面月光朦胧，里面幽暗深邃，你上一步，他退一步，就是看不见人形，逼到墙角碰到身体了，他也默不出声，搞得你头皮发麻摸不清头绪，到底是人还是其他东西。后来，躲者忍不住哧地笑了，真相大白，乖乖就范；也有恶作剧的猛地大喊一声，吓不死你，找者胆战心惊，魂飞魄散，甚至有手足无措掉进茅坑里的，闹出种种笑话。

躲猫猫会玩到深夜，我们乐此不疲，直到躲者不打招呼直接躲回家睡觉实在找不到人了才作罢。当然，这样的小伙伴是要被亮红牌，下次躲猫猫拒绝入伙。

时间一晃就是几十年，当年宝贝似的耕牛，已被机器代替，河埂上杂树丛生，谁也懒得去管；家门口的鱼塘很多都荒芜了，长满了水花生，水黑得发臭，连黄鳝都难以捕到；现在的游戏早电子化了，躲猫猫只会出现在家里，大人和小孩偶尔玩一玩，各得其乐。

少年时光已渐行渐远，就像从窗前一闪而过的高铁。回想少年生活，它是那样的贫瘠，却又是那样的富足，从不缺少自由和快乐。

玩在少年，怀想起来总有温暖从心头溢出。

春风吹过池塘

家住三楼，临窗是一口池塘。池塘里长着一些水花生，东一块西一块的。还没到发青的时节，这些水花生依然缩在水下，就像是跟春天捉迷藏的小孩。

前两天刮了风，不知从哪里吹来了一些白色垃圾，有塑料袋，有包装泡沫盒，都散乱地浮在水头上，给本来素雅、寂静的池塘带来了一种不协调的元素，就像白净的脸上沾了一点儿污泥，美妙的音乐声里夹杂着噪音。

记得前几年，这口池塘被人承包了，里面没有水花生，或者长了也被人消灭了，远远看去，池塘白亮亮的一片。水中，鱼儿休闲地游弋，不时地翻花、闹腾。池塘旁边是一条小河，河水常年流淌，因为换水方便，池塘里的水自然干净，经常看到村庄的妇女在水边浣洗，也能看到垂钓爱好者在岸边钓鱼，野生鲫鱼黄黄的、长长的在钓钩子上跳跃，还有垂钓者欢乐的笑声……

这两年，塘口荒芜了，不知从哪里飘来的水花生像雨后春笋般疯长，很快便侵占了大半个塘面。水花生，学名空心莲子草，开始作为猪饲料被国家引进并推广，现已泛滥成灾，随着春夏季气温升高，其长势迅猛，密密的、厚厚的，浮在水头上，别说鱼，就是菱角都无处存身，到冬季，它则腐化成泥，污染水源。村民说，水花生难以根除，需要连续不断地打捞焚烧。现在，整个池塘唯有中心地带还有一片白水，像是池塘在喘一口气做最后挣扎。如病入膏肓者，虽一息尚存，但终究难以为继。按水花生如此攻城略地的速度，相信不出两年，它将成为这口池塘的唯一主人。

无人管理的情况下，岸边的荒草和杂树也胡乱地生长着，看不出美观，一片蛮荒景象，像农村里很多消失的村庄一样，它已被抛弃在时代发展的潮流之外。

近十年来，很多工厂陆续落户在公路两边，村民的土地被征收，没有土地的村民变成了身穿制服的工人，过上了朝九晚五的上班生活。乡镇经济发展起来了，带来了繁荣也留下了很多环境隐患，最明显的就是水质变差了，附近池塘里的水变黑、变臭了，被污染的池塘不治理无法开展养殖业，治理起来又需要很多费用，自然没人愿意承包，就只能任其污染下去。

还记得小时候，没有自来水，吃的用的都是池塘里的水。“游鱼细石，直视无碍。”用这样的语句形容毫不夸张。每家一口水缸，挑满了，一吃就是好几天。在田里干活渴了，就着田头池塘里的生水喝了也不生病。夏天就泡在池塘里游泳，菱角浮在水面上，翻开翠绿色的叶片，摘一个拨开就吃，脆生生的、甜丝丝的，透着的是清新的水汽。扎猛子到水底，脚下几乎没污泥，只有螺蛳和河蚌，硌得脚底生生地疼。

污泥呢？作为肥料早被冬闲的大人用泥耙送进了田里，塘口的犄角旮旯处也长有水草，青青的、软软的，在水底摇曳，捋一把上来，扔给猪吃，猪吃得摇头晃脑。

不知什么时候开始，池塘里的水质差了，就开始吃河里流动的水，等到河里的水不行了，就开始吃自来水，自来水是从长江里抽出来的，再经过过滤消毒处理应该算是放心了吧，还是不行，有人做实验把自来水进行检测，结果依然不达标，这就需要安装净水机，以确保吃水干净、放心。

是我们对生活质量要求高了，还是越来越糟糕的环境让我们变得草木皆兵、无法安心了？

想起一位朋友，他住长江边，沿江一条公路，行人很多，经常丢下垃圾，还有被江水带上岸的白色废品，这些垃圾就散落在公路两边。朋友喜欢去江边吹风、散步，看到后，觉得很不舒服，便自发充当一名志愿者，推着塑料桶去江边拾垃圾，附近的村民对他的行为纷纷“点赞”，陆续有人参与过来。问起，朋友轻松地说：“现在那条公路两边很少有垃圾了，我们志愿者捡垃圾的范围扩大了，就当是锻炼。”改变一下环境，从小事做起，从我做起，我觉得，这才是朋友自觉行动的真正意义。

想到这儿，我脱掉上衣，换上球鞋，快步走到小区前的马路上。马路边有三只塑料垃圾桶，我看到一只里面是空的，便推着它沿着一条砂石路向后面的池塘走去。

池塘的水面上，春风悠悠地吹过。

雪天，对一只兔子的回忆

这几年每到下雪天，女儿便要说那句永不变更的话：父母不让子女去玩雪是不对的。并补充说那是书上写的，女儿这种年龄对书本很崇拜。

于是，女儿在雪地里可以肆意玩耍、纵情欢乐，似乎这是上天特意安排的。

其实，玩的项目也很简单，不外乎揉雪球、堆雪人，有时还拖上我加入，每当此时我便有点儿迫不及待了，就像回到往昔。

小时候雪下得总是特别猛，大雪封门，深达数尺，多日不化，那玩的内容可多了。

不必说去河边溜冰，不必说玩鲁迅版的捉鸟，更不必说打雪仗堆雪人了，单就田野里逮兔子的情景就有无限趣味。

白茫茫的田野偶尔有几处棉花秆还没有拔倒，那儿时常有野兔出入。有经验的邻居阿玉就带着我们出发了，手中拿着的是早已准备好的棍棒，鞋在雪地上发出吱吱的声响，阿玉就开始交代：声音要小，多留意雪上的痕迹，梅花似的前浅后深的脚印就是兔子留下的（兔子后腿长，蹬地）。说着就靠近了棉花地，大家屏气凝神，像鬼子进村一样包抄过去。

田埂上，青草变黄了，有的被雪覆盖着，有的露在外面，远处是白花花的雪野。有人踩断了棉秆，发出清脆的咔吧声，除此之外一片寂静，大家有点儿失望。有人说换一个棉田吧，有人抓起一团雪准备向棉秆深处扔去。就在这时，扑腾的一声，一只灰色的兔子像离弦的箭一般向前蹿去，雪地里留下一浅一深两对梅花印。兔子！兔子！打兔子！一人大喊，无数人大喊，阿玉带头边跑边安排：阿白、阿文去小圩埂，国培、阿涛去左边——我们知道那是截断兔子去大圩、去邻村的道路，缩小抓捕范围，一场人兔较量就这样开始了。

受雪地的影响兔子奔跑并不是很快，但想追到它也不很容易，一般都采取围追堵截的办法。

我和阿文迅速占领小圩埂，刚一到，兔子便已向这边冲来，它想逃到大圩，那儿有数百亩田地，在那儿找到它就像在大海里找到一根针。我们一边在心里暗暗佩服阿玉的神机妙算，一边摆开架势。阿文手中的木棒举得老高，兔子见势不妙，转身就跑，阿文的棒子便飞了过去，只砸到了尾巴，兔子三魂掉了两魂半，向邻村跑去。我们大声喊着叫国培、阿涛做好准备，阿玉等人在远处也折向兔子的方向，这时村里的大青年也闻声而至，喊打声此起彼伏，棍棒举起像树林。有时我在想那兔子最终是被抓到了还是被吓倒了。

兔子无路可走，再一次向小圩埂冲来，我们立刻紧张起来，远远看去，兔子速度不快，显然受了伤，狗急跳墙，兔子急了也不含糊，这确实是唯一的逃生之路。

我不知是缺少经验还是求功心切，竟然离开岗位迎着兔子冲去，说时迟那时快，手中的棒子已带着风声横扫过去，兔子没有退让只将头高高抬起让过棒尾，后腿猛蹬雪地，身子腾空而起，一下就越过了第一道防线，直蹿到阿文面前。

这兔子真是急了，但阿文焉是等闲之辈，他捕鱼摸虾只在阿玉之下，曾徒手抓过老鳖，钓过的黑鱼不计其数，也跟人家学过用枪打鸟兔。此时阿文双腿叉开把住小圩埂，双手举起木棒，那架势如武松打虎，兔子已到眼前，阿文并没有主动出击，只见他将腰一弯把木棒横挡在腿前，兔子不敢上前，竟犹豫了N秒，旋即向他胯下蹿去。阿文就将棒向兔头上压去，谁知那兔立转方向，意借阿文身体倾斜之际从其脚边穿过，阿文如此了得，在倒地前竟能做到抬脚猛踢，兔不胜防，跌入水中，阿文跃起，跳进水里。此时我已赶到，只见阿文一手抓住兔子的后腿，一手捏着灰兔的颈子，站在水中，兔子的腿在挣扎，红眼睛里尽是凄凉和绝望，我心一动，身后传来阿玉的呼喊声。

晚上自然是在阿玉家，那可口的兔肉、热闹的场景，还有阿文的现场表演，甭提有多精彩了。

“阿爸愣在那儿干吗？帮我扫雪呀。”女儿在喊。我一怔，收回遥远的记忆，赶忙去扫雪。终于垒了两堆，女儿早准备好贴纸，那是眼睛、鼻子、嘴巴。

一会儿两个雪人便完成了，女儿高兴得手舞足蹈：一个是爸爸，一个是女儿。还说明天雪大再堆一个圣诞老人，装上灯，配上胡子。

月光下，女儿、爸爸还有一对雪人父女遥遥相对，其乐融融。

听评书的快乐时光

小时候，家底子苦，买不起玩具，更谈不上买收音机，业余生活就是与泥土、鸟、鱼相伴。

一天，到三叔家玩，看见堂屋桌上赫然立着一台崭新的立式收音机，银灰色的外壳，黑色旋钮，好一个惊喜！这以后选择玩耍的地方，首选三叔家。三婶很细心，不听时就用一条洗得发白的棉布搭在它上面，小孩是不准轻易用手碰的，更不用说自行打开调台。阴雨天三叔不下田干活，就坐在屋角抽着烟静静地享受着从收音机里发出的各种声响。

正因为有了这台收音机，三叔在村里的地位显著提高，三婶在女人中间闲聊时声音也提高了八度，小孩子们对堂弟另眼相看，原先的小反对派们也是纷纷归顺，就连我们这些亲戚也沾了不少光。

有段时间，热播评书《杨家将》，是刘兰芳说的，那是全村大人小孩文化生活里的头等大事。什么时间播放，大家牢记在心，时间还没到，三叔家门前就聚集了很多人，田里活儿这时也要让路。大家伙儿抽着两头通的香烟，回顾着上集剧情，预测着下集的发展，烟雾缭绕，争论不休，有时还形成多个派别、不同意见，最后以香烟打赌。讨论正激烈时，三婶在门口猛喊一嗓子——到了。大家伙儿立马住口，鱼贯而入，那台银灰色外壳、黑色旋钮的收音机早置于桌子中央。

堂屋两边椅子、长凳一字排开，大家伙儿便依序坐下，这时全场肃然，如临圣境，连咳嗽、吐痰都尽量降低声调，以免受大家白眼，平时关系不睦的乡邻也相互甩烟、客套一番。一会儿，刘兰芳洪亮、甘甜的声音便从收音机里清泉般流出，激荡在堂屋，绕梁不绝。三十分钟时间咔嚓而过，听完后大家伙儿依旧讨论一番，不舍离去，最有趣的是那几位打赌的吵闹着来到村头的河堤上兑现承诺。

第二天，上学途中，我们几个小伙伴就有了谈笑的内容，偶尔也在班上模仿几句，嘿，还真能吸引不少羡慕加嫉妒的眼神。

不知啥时，村西头三宝家也买了一台白色的收音机，三宝比我大四岁，平时不屑带我们玩，但他家四宝是我同学，和我整天黏在一起，好得像一个人似的。三宝早不读书了，像大人一样在家拥有一定的权力，那台收音机经常被他搬来抱去，四宝只能偶尔拥有收听权。

一天，跑到四宝家玩耍，三宝不在家，我听到单田芳在说《隋唐演义》，那声音一惊一乍的，开始听不习惯，谁知听了两次，竟欲罢不能，特别带劲。可评书播放的时间却在中午，每每这时家里便开饭了，妈妈捧着饭碗从村东头寻来。妈妈是山里人，嗓门特别大，一般在家门口喊一声全村任何角落都能听见，甚至远在田野也清晰入耳，而此时我却佯装不闻，回家时饭早吃过了，我也不在乎，胡乱扒几口，心里依然是美滋滋的。

几十年过去了，现在，娱乐节目不断翻新，种类也五花八门，很少去听评书了。

前几天，国庆假期出门，在车上，中年司机放的竟是刘兰芳说的评书《岳飞传》。那嘹亮、饱满又不失甘甜的嗓音，形象而逼真的模仿，我听着亲切之余特别感动，当年在三叔和四宝家听评书的情景像放电影般一幕幕闪过……窗外画山绣水、阳光正好，一个多小时的车程心情欢快，如沐春风。

时间去哪儿了

时间都去哪儿了？中央电视台有个栏目曾为此设计了一个专访，采访各个阶层的人。答案五花八门，年轻人回答得轻松随意：在学习、在考研、在拼搏、在追求。中年人在回答时总是伴随着沉思，感觉时间如电光般飞逝，“门前老树长新芽，院里枯木又开花”，很多东西来不及抓住，它便消失得无影无踪。

时间都去哪儿了，我也在问，谁能告诉我?

细数这个问题时，我最容易想起的便是童年的时光。那时，总能找到快乐的事情，不管是晴天抑或是雨天。吃喝简单，生活清贫，但依然整天无忧无虑的，看蓝天白云也能入迷，沿着小河甩几个水漂，去邻村逛一趟，往往也激动不已。现在，回到老家，有时真想把身子矮下去，在河堤上绕一圈，再次感受一下儿时漫步河堤的悠闲和惬意。

时间都去哪儿了？它就落在童年河边抛出去的一个个水漂上。

时间都去哪儿了，静下心来，问问沧桑的自己。

刚上班时，二十出头，合作一个班级的同事是民师，这位同事交往甚广，三教九流，都有交集，在小镇上名头有点儿响。因此，我们几个小青年对他很是崇拜，遇到啥为难的事，喜欢打他的名号，事情也就迎刃而解了。

彼时，这位同事三十八岁，儿子上小学五年级。闲聊时，总是说到，我们到了三十八岁，会是怎样的一个状态。当时，也就说说而已，谁也未深思过这个问题。现在，已经超过了那个年龄，二十几岁到四十岁，十几年的时光，如梦境一般，期间，结婚，生女，单位也换了几个，时间就这样在指缝中溜走，岁月匆匆过，两鬓已微霜。

时间都去哪儿了？就在你我脸颊上的皱纹里，就在头顶那一根根的白发间。

时间都去哪儿了，回到老家，问问年迈的父亲。

那次回家，去看望父母，中午吃饭，我去锅里盛饭，一看锅里的饭，立马食欲大减，妈妈煮的饭非常软，盛起来总是粘在一起，像饼一般。来到饭桌上，我就说今天妈妈煮饭水放多了。妈妈说，现在不比以前了，父亲年岁大了，硬一点儿的饭吃不下，软软的饭，父亲吃起来舒服。我顿时愕然，很少陪伴父亲，生活上很多事无从知晓。是的，父亲都快八十了，怎么会和我们比呢，望着父亲吃得很香的样子，我的心里充满自责。

父亲走过的年龄，即将是我要走过的，什么时候晚上腰酸背痛地睡觉，第二天什么也不说；什么时候腿开始迈得有点儿艰难；什么时候耳朵开始背了；什么时候开始安排后事。

时间都去哪儿了？父亲走过的风雨岁月，就是最好的回答。

时间都去哪儿了，打开家庭影集，问问亲爱的女儿。

女儿出生后，我与妻达成共识，每年的春夏秋冬全家在一起拍一些照片，以做纪念。想想，我们小时候几乎没拍什么照片，留下最早的竟然是初中毕业照，黑白的。全家多拍照片，一方面算是弥补自己的缺憾，一方面也不想给女儿留下遗憾。为此，特意买了一个傻瓜相机，后来更新了，换了数码的。

照片全部洗出来，按年顺序，装成影集，每张照片后面写上几句话。没事翻翻自有一番乐趣。有电脑后，照片全部存到里面，分门别类。照片上，女儿一年一年长高长大，我们一年一年变成熟、变沧桑。

时间都去哪儿了？它就停留在女儿的哭声中、笑声里，它就印在一张张数着年轮的照片上，同样，它也将氤氲在女儿未来的梦想中。

“未觉池塘春草梦，阶前梧叶已秋声。”时间就这样悄无声息地流逝着，温柔而苍凉。但我依然感激，感激生命中所有的经历，所有的相遇，那些亲情、友情、爱情都是人生中最厚重的财富，值得珍藏于心并传递久远。

尝一口老冰棍

对抗高温，大家都使出各种解数。有逃避法，找个地方出去走走，世界这么大，把酷热消散在美丽的山水之间；有麻痹型的，整天相约打牌、下棋、喝茶，置酷热炎暑于不顾，你热你的，我自岿然不动；有静卧型的，整日待在家里，大门不出，二门不迈，“是空调救了我的命”；最令人敬佩的是工作型的，顶着烈日冒着酷热，坚持工作不松懈。

对抗高温，还要落实到日常饭桌上。饮食需清淡，蔬菜瓜果要多吃，特别是绿豆凉茶冷饮必不可少。这不，晚上，妻与女儿又去超市了，一会儿工夫拎回一大袋，冰箱里都放满了，妻从袋子里面抽出两支，随手递给我一支，说你尝尝，肯定有感觉。我仔细一瞅，老冰棍，长条形的，似曾相识，打开草绿色的包装纸，白璧一般，来一口，冰凉滋润，甜到了心里，立刻就尝到了儿时的味道。

尝一口老冰棍，难忘的是那一声声引逗馋虫的吆喝。是六七月的天气，午后，烈日当头，地面火烫，赤脚的小孩们躲在家里，不敢外出，偶有胆大的蹦跳着冲出去，没跑几步，就龇牙咧嘴地逃回家中。如是双抢时日，干了一上午活，很累，中午需睡个午觉，等着傍晚下田，这个时候，整个村子是安静的，唯有知了在树上不知疲倦地唱着。

寂静的村口突然传来一声吆喝，卖冰棍喽，接着就是高杠自行车扑扑的声响。家里的孩子们躺不住了，凑足零钱冲出家门，远远地大喊一声，自行车自然停了下来，头顶草帽脖子上搭着毛巾，脸晒得像包公的大叔，便打开后座的箱子盖，掀开一层厚厚的棉被，从里面摸出一支冰棍，递到你那稚嫩的手上。

尝一口老冰棍，难忘的是舌尖嘴角那意犹未尽的甜蜜。拿起冰棍，冰凉像箭一般穿透身体，心中也是满满的欢喜，可绝不准先尝的，虽然恨不得一口吞掉。在那个年代，独自一人一般是难以承受一根冰棍的费用的，由你去买，是带着集体愿望和责任的，即使买回家也不能独自享用。

小孩把冰棍带回家，三分钱一根的，基本是加了糖精的冰块儿，降温、解渴，五分的，牛奶的成分就多了。无论大人还是孩子，吃五分钱的冰棍，会有满足感、幸福感。乳黄的颜色，看上去就熨帖，一口咬下去，醇香的奶味，沁人心脾的凉。兄弟姐妹一人尝一口，早有固定的顺序，直到冰棍消失殆尽，最后冰棍把子也会舔几口把玩几下，才舍得扔掉。这个场面父母往往远远地避开。

尝一口老冰棍，难忘的是渐行渐远却历历在目的少年趣事。记得小学读书那会儿，我是班上的数学课代表，同桌是个调皮捣蛋的姓夏的学生，整天就是玩，作业不会做，轮到交作业时慌了，眼睛扫到我，许诺一支冰棍，等到我把作业做完了，对方却不见踪影，寻遍整个校园，在一个院墙角落里，他和另一位同学正在轮流吃冰棍，我冲过去欲夺之，他竟将少许冰棍头含在嘴里逃走了，我跺脚发狠下次再也不帮忙了。

冷战几天后，他阵脚大乱，全线崩溃，某日课前，他像变魔术一样从衣服兜里抽出了一支冰棍，笑脸如花般递到我的眼前，在那个燥热的下午，我的内心立刻降温至冰点，我们友谊的小船又在碧波荡漾的大海上启航了。

乡村土路上悦耳的穿行叫卖，胡同街坊中来来往往的欢喜，多少温馨和甜蜜的画面定格在记忆的星空中，闪闪发亮；多少亲情和友情浸润在冰凉的舌尖上，回味不已。尝一口老冰棍，它慰藉了我高温难耐的身心，也牵动了很多情感，带来了很多怀想。

蒸 团 子

蒸团子的“团子”就是团圆的意思。快过年了，不管是外出干活的，还是常年在家务农的，都要聚到一起，一大家子团团圆圆地过新年。

早年的江北农村就有这样的一个传统习俗——蒸团子。

母亲将新碾的糯米和籼米按一定的比例混合（一般按七比三，也有加入高粱的，做好的团子呈淡紫色），用竹篾编制的大号簸箕淘去米中的杂质，然后放到缸里用干净水浸泡。两天后，就可以磨米了。

一入腊月，一些有技术的人就把村头闲置一年的石磨拾掇好了，把碾盘中心的轴抹一些润滑油，把碾磙子的框子钉得结实一点儿。

这个时候，都要磨米，石磨东家抬到西家，忙得不得停，谁家要磨米，都需提前预约。好在村里户数不多，忙是忙，也就那么几天，一台石磨基本能转过来。

终于轮到我家了，父亲将石磨搬回家，支在两条长板凳上面，用绳子捆结实，磨架吊在屋梁上，像荡秋千一般。石磨下面就有点儿复杂，先用毯子在地上围成一个圆圈，圈里面铺一层草木灰、稻壳或其他吸水的东西，然后，上面再铺一床洗干净的床单。

开始磨米了，父亲推着吊起的磨架将石磨逆时针旋转，母亲将醒好的米稍带点儿水，一勺一勺地喂入磨眼，磨好的米浆就顺着石磨的齿缝汩汩地流入床单里。

父亲的动作一拉一旋，很有节奏像打太极一般，磨架发出吱呀吱呀的声响。母亲喂米的动作快速又灵巧，不时用勺子将磨眼旁边的米粒刮进去，有时候，母亲一边忙碌一边口里还念念有词，好像是唱着一首好听的儿歌，那歌谣的曲调应和着磨盘的吱呀声，很是和谐、动听。

站在一旁的我竟也想试试喂米，母亲站起身，示意父亲放慢速度以便我喂米成功。在我记忆中，这样的劳作总是在晚间，屋外雪花无声地飘落，大地白茫茫一片，窗前映出油灯点点昏黄的光，屋内却是一派劳动的场景，热烈而快乐。

两天后，床单下面的草灰已将米浆的水分吸取。母亲伸手去捏，软硬合适，就将整块的米浆裂成小块放入缸里，准备进行下一步——蒸团子。

蒸团子那天，人手要多。母亲一向采取换工的方式，先帮助邻居，再请他们帮忙。彼时农村邻里关系和谐，只有打白工，从没有付钱请小工的习惯。

母亲安排一人负责将洗干净的稻草铺在蒸笼里（江南地区往往用蓼叶、竹叶等，都是就地取材），另外二三人把米浆搓成圆形，每只蒸笼里放上六排，每排六个，共三十六个，寓意新年吉祥，六六大顺。

一笼团子大约要蒸一个小时，一般是多层架起来蒸，锅底下要用硬柴旺火烧，刚出笼的团子称为毛团子，倒到凉床上晾干，我们毛孩子们就直接抓着吃，等到冷却变硬，撕去稻草，再放到大缸里用冷水浸泡，想吃时捞出烧熟即可。

团子浸泡在水里三四个月都不会变质，能吃到清明，甚至吃到稻芽发青，即使时间长了，水上生点儿白蒙，也没有关系。团子隐在浅浅的水里，白色的历历在目，像毛孩子在河里扎着猛子，白花花的屁股清晰可辨。

团子的吃法有很多种，最简单的是清煮，在锅里放点儿青菜，加水煮到团子软了，捞起来，就着佐料就可以吃了（分甜吃和咸吃两种）。

大众最喜欢的吃法是糖水油煎团子。炒锅里倒入适量菜油，当热气升起时，将洗净擦干的团子放入锅中煎炸，并适时翻炒，等到两面有焦黄时，倒点儿糖水，盖上锅盖。等糖水恰好烧干后，盛入碗中，吃起来那是清脆香甜，细腻有韧劲。

以上的吃法都比较讲究，记忆中，我家的团子大多数是和白米一起煮稀饭吃，几乎没啥味道，父亲说这样吃干活时经饱，不饿。

毛孩子的吃法更古怪——烤团子。选择淡紫色的高粱糯米团子，偷出来几个，来到野外生一把火，直接放到火堆上，烤得黑黄焦脆，吃起来烫嘴，没加什么作料，自然没啥味道，但心里却有一股快乐的暖流。

以上说的，都是很多年以前的事了。现在，江北农村很少看到蒸团子了，村头的石磨早就破损了，被一户人家搬到屋后垫墙角去了。随着社会的进步，生活节奏的加快，蒸团子的传统已经慢慢消退了，但那野外烤焦的团子，烫得甩嘴的滋味依然记忆如昨。

打 切 糖

冬日渐渐走向深处的时候，农田基本闲了，最早准备的年货就是切糖。

自家种的糯稻，产量少，金贵着呢，父亲挑半担碾出米来。某日清晨，母亲用米箩将糯米拧到池塘的清水里洗净，再挂到屋檐下沥个把小时后，放到一个蒸米的甑子里，甑子放在盛有水的锅里，锅底下是牛屎巴巴加硬柴火烧。

老人说："硬柴点火旺，烧的时间长。"妈妈常说："人要真心，火要空心。"牛屎巴巴就架成宝塔状，硬柴在宝塔底下横冲直撞，如冲锋陷阵的士兵，那火舌像刀钺斧剑般狂奔乱突，锅底就是战场，直杀得无雾气狼烟、残阳如血。不知过了多久，脸颊被熏得通红的母亲从战场上撤了下来，她拍拍身上的灰尘，似乎取得了战争的胜利，满脸轻松地来到灶前。母亲的目光沿着甑底到甑身，向上，再向上，木板潮湿的痕迹全部消失，这甑米就蒸好了。

打开甑盖，喷香的米饭色白如雪，蓬松似面。将米饭倒出甑子，晾在家里的竹席子上面，直至冷却变硬，一粒粒互不粘连，再拿到外面晒几个冬日暖阳，糯米饭粒粒变得坚硬、晶莹，好像吸纳了大自然和阳光的精气，由里到外泛着幽幽的白光。妈妈便将晒好的糯米籽收好、待用。

临近岁末，叫卖糖稀的小贩来了一茬又一茬，终于，选中一家，买好，用小坛子装着。

一切准备就绪，就差打糖的师傅了。年味越来越浓了，打切糖的师傅忙得脚不沾地，一家连着一家做，一忙就到深夜，累得倒头就睡，最后都找不到自己的家门了。

那天，身材魁梧脸色黑红的师傅终于来了，我们小孩子最开心，可以放开肚皮大饱口福了。先炒糯米籽，一锅一锅地炒，此时，火要烧旺，来得要快，但无须持久，最适合的就是稻草把子。吸足了天地精气的糯米籽在热锅里迅速变大、变膨、变白。一会儿工夫，原先的一小堆糯米籽就变成了一大盆糯米袍。

接着熬糖稀，熬一锅做一锅。取几勺糖稀放进锅里大火煮沸，小火慢熬，这个火候就是考验师傅的本领了。熬狠了，锅底变枯，做出来的切糖吃着有苦味；熬轻了，水分没熬掉，粘不住糯米袍，时间长了，切糖还会变僵，留不长。有经验的师傅就会不停地用勺子去搅拌，随时撇一点儿红色的糖稀，看色泽，看老嫩程度，然后，高高地举起，慢慢地流下，看它的黏性，滴下的糖稀连成线时，就熬好了。

主人担心打出来的切糖不鲜、不甜，此时就可以加一点儿生姜、白糖，当然，加黑芝麻、加红花生、加黄杏仁等作料都行，就看主人家的殷实程度和个人喜好了。一般情况，我家几乎什么都不加。

只见那边，捋起袖子的师傅将准备好的一脸盆糯米袍倒入泛着红色泡沫的糖稀里，接着，师傅就用一把把子加长的锅铲不停地翻动、搅匀，让每一粒糯米袍都沾上糖稀浆汁，然后，将整锅的糯米袍倒进一个特制的木质方框里，捶打、压实，等到半热不冷的时候，拆掉木框，里面粘着糖浆的糯米袍就像一块平整的砖。接着就是切片，切片也有门道的，不能太早，也不能太迟，太早了，刀一切糖就瘫了；太迟的话，糖脆，一刀下去迸得一地都是。

后来，我经常琢磨，打切糖名称的由来，拍拍打打，捶捶敲敲，一刀刀切，切成一片片，不就是打切糖吗。老百姓的智慧是生产劳动中积累的，这样的称呼形象又逼真。

刚切的米糖糖稀还未硬，嘴馋的我们就开始吃了，软软的、甜甜的别有一番风味。风干了的切糖装进塑料袋子里，还要在外面加上一层蛇皮袋子，以确保密封不透气，也有讲究的人家直接装进铁桶子里面。

年前，一般是不准吃的，需等到三十晚上就可以放开享用了，一直到正月里开头几天，都有计划分配，如果敞开吃，兄弟姊妹多几天就会吃光，母亲总是留一手，藏一些招待陆续到来的客人。

甜香酥脆的切糖，其实也又糙又干，吃多了，上火，屎都拉不下来，但我们小孩却依然百吃不厌。

现在，大小超市里，堆在墙角旮旯里的都是切糖，一年到头都有，人们又称之为炒米糖。偶尔买回家，吃几块，也脆也甜，可就是吃不出小时候的味道。

妻说，现在的炒米是用爆米机直接爆制而成，还会用甑子蒸吗？糖稀还会用麦芽糖熬制吗？米糖还会用手工切吗？想想也是，在这个追求速度和利益最大化的时代，谁会有那么大的耐心去长时间准备呢？

吸纳不了天地精气的炒米，制作工艺也不像从前那么繁杂，自然就不会有传统的香甜酥脆的独特风味了。

稻　草　屋

“八月秋高风怒号，卷我屋上三重茅。”每当读到杜甫的这句诗时，我的记忆常常瞬间被激活，儿时的稻草屋就像一幅幅水墨画，清新鲜活地呈现在我的脑海里。

记忆里的那间草屋傍河而建，人字形的梁架、厚厚的稻草顶，墙是裂缝的土墙，不高，弹跳好的小青年，都不用梯子，起个势子就能跃上屋檐。

记得那时候，麻雀特别多，成群结队地飞起飞落，一年到头，在屋檐底下叽叽喳喳地叫个不停。春夏之季，它们相互追逐、打情骂俏，有了感觉，就在屋檐下营巢做窝繁殖，没过多久，一群幼鸟接着叽喳。秋初，晒场上，它们集体偷袭新收的稻谷，齐飞齐落，毛孩子们就负责驱赶。冬天，它们要消停一些，但不时地钻进屋顶上的稻草里觅食，新盖的稻草上留下的秕谷，它们也吃得津津有味。

毛孩子们对麻雀早不耐烦了，心生歹念已久。找一条板凳站上去，手伸进屋檐下的麻雀窝里，掏出来的麻雀蛋，斑斑白白的，运气好，绕草屋一圈，掏几十个麻雀蛋不费吹灰之力。那边，麻雀爸妈们不干了，四处翻飞，叫声冲天响，有的直接往毛孩子身上撞，拼了命似的。但毛孩子们哪管这些，在那个物资匮乏的年代，几十个麻雀蛋打成一碗，中午就是一顿美味；也有的清煮，揣到兜里，也是最好的零食。

夏日到了，天气像毛孩子的脸，说变就变，刚才还是阳光刺眼，很快乌云密布，狂风骤起。趴在河堤边上的草屋在风中颤抖着，屋檐口的稻草扯直了飞。毛孩子们缩在家里，瞪着大眼睛，隔着窗户惊恐地瞅着外面风雨大作，很快，开始漏雨了，屋子成了水帘洞，“床头屋漏无干处，雨脚如麻未断绝”。这时，大盆小盆派上了用场。

如是深秋的夜晚，屋外狂风起，飒飒带哨声，那就是一个不眠之夜。父亲会起床到外面查看，怕草顶被风掀掉，希望快点儿下雨，浸湿后的稻草，风难以吹动。过了好一会儿，父亲回到屋里，手里捏着一支烟，满脸轻松地说，西北风，没事，隔壁大妈家的那棵大柳树把风全挡住了。可睡在床上的母亲依然不踏实……

冬闲了。选一个晴好天气，父亲决定要换屋顶的稻草了。经过一年的风吹雨淋日晒，稻草颜色枯黑，又干又脆，像抽去精气的树叶，它已经完成了使命。父亲将新鲜的稻草扎成捆，和哥哥一道爬到屋顶，两人要忙活一整天，新铺的稻草黄澄澄的，像冬日暖阳，嗅一口，满满的稻谷香。铺好后，还要用草绕子密密地拉起来，像加一层防护罩。

挡风遮雨的防护罩却防不了火。那是一个冬天的晚上，隔壁老爹爹家不幸发生火灾，先是从东头灶屋烧起来的，火头很快把屋顶的稻草点着。长时间不下雨，稻草干燥易燃，见到火苗就像猫见到老鼠一般兴奋，不一会儿，整个屋顶陷入一片火海，泼上去一点儿水丝毫不起作用。我家的房子紧靠西边，当火势向西边蔓延时，父亲已经把两床浸满水的棉絮铺在人字形的屋檐上面，吓得面如土色的父亲依然放心不下，拿着水桶却跪在地上……

终于，一场肥雪倒下来了，世界一片银装素裹。屋檐下的冰凌粗的像树棍，细的像手指，都直溜溜向下，似万箭齐发。屋顶上雪厚厚地覆盖着，蓬松松的，阳光下，碎银一般闪亮，远远看去，像极了一个个白色大蘑菇，孩子们从蘑菇里跳出来，来到一个洁白的童话世界。

二十世纪八十年代中期，我家房子盖上瓦，夜晚睡觉再也不用担心稻草被风掀走了。九十年代，土墙被砖墙替代了。现在，村子里的变化更是翻天覆地，多层小楼、欧式别墅比比皆是，很多年轻人还走出乡村走进城市，住进高楼大厦。“安得广厦千万间，大庇天下寒士俱欢颜！”千年前的杜甫呼喊的忧国忧民的愿望早已实现了。

前几日，大雪纷飞，朋友发来一组照片，度假村里，草房子星星点点地建在山前溪畔，白雪、大蘑菇、昏黄的灯光，梦幻一般。朋友说，“结庐在人境，而无车马喧”，我们在回归、体味茅草屋的自然和清香。

是啊，稻草屋像一位饱经风霜的老人，以敦厚、纯朴的形象立在葱茏的村头野外，山水为邻，鸟雀相伴，它见证了那一段辛酸又不失温馨欢乐的岁月。它又像一条清澈安静的河流，引着我们在稻浪麦涛中回归自然，洗涤心灵。

辑二／依依深情

阳光洒在父亲的手上

一个晴朗的早晨，我回到家中，大门是开着的，我便径直走到后门外，父亲正从厕所里走出来，佝偻着腰、低着头，很费劲地系着裤腰带。早晨的阳光从树缝间透射下来，正照在父亲花白的头发上，斑斑驳驳，碎银一般。

我大声喊了父亲，父亲抬起头，浑浊的双眼怔怔地看着我的脸。这时，父亲已经将扣子扣好，向我走来，阳光一闪一闪地在父亲清瘦的脸上跳跃。父亲举起一只手，有点儿颤抖地伸向我，说："这只手不利索了，明明看到扣眼，就是扣不上。"

父亲的手伸在我的眼前，平放着却上下颤动。"这种情况有好一阵了。"父亲说着话，就跨进了厨房，找到一把剪刀准备剪指甲。

我要过剪刀，帮父亲剪起了指甲。父亲的手很大，伸展开像一把蒲扇，掌心很厚，上面满是老茧，层层叠叠，有的呈灰色，有的呈白色，硬硬的、刺刺的，像土山上裸露的石头。

父亲的指甲坚硬异常，一刀剪下去要用一把力，剪掉的指甲弹出老远。

记忆中，与父亲很少有亲密的接触。只是小时候，一旦生病发热，从田里劳作回家的父亲，就先用脸贴着我的脸，然后用手触摸我的额头，试探我身上体温的高低，这时，昏睡的我隐约闻到父亲身上带着泥土和稻草的气息，还有香烟的气味，心里充满着温暖。

除了感受过父亲轻柔的触摸外，也尝过父亲大手抽打的滋味。父亲一生耕作，生性木讷，不善说话，也很少生气。除非我们几个兄弟搞得实在不成样子，父亲便用手打我们的屁股，这事经常发生在夏天的晚上，家家都在屋外吃饭，父亲发火是暴风骤雨似的，抽打我们几下后，一切风平浪静。现在想来，那样的打，无非摆摆架势，多半是象征性地杀杀我们的顽劣。

父亲就是用这双大手引领我们兄妹四个走过四季、走向成年。现在，父亲的手老了，不再像以前那样有力了，整个手掌和手指肌肉都裂开了很多口子，夏天还好，口子不大也不感染，一旦到冬天，裂口变大，疼痛难忍，就需要用防裂膏药涂抹以缓解症状。

一只手的指甲已经剪完了，我换了父亲另一只手。父亲说这只手指甲全部坏了，我这才惊讶地发现父亲的这只手，五个手指甲与指头全部脱离，指甲呈灰白色，干燥、脆硬，像片片枯叶，没有一点儿光泽。

父亲就用这双大手养活了一家六口，牵引一个家庭走过了很多风雨。那是在夏天炙热的阳光下，农村进入双抢时刻，农民在田里忙得热火朝天，整个田野里火爆得就像被晒烫的水。父亲更是起早贪黑，犁田打耙，靠着自己的一双大手支撑着一个家庭，彼时，农村太苦了，邻居有人讨饭，中午喝粥，而我家几乎没断过粮，也从没有在中午吃稀饭。

逢年过节，父亲喜欢下塘捕鱼，白色的丝网在父亲的手中像棉花糖一样蓬松、缠绕。父亲站在腰子盆中央，从水中把网收起，网像丝绸一样飘扬，鱼儿跳跃着溅了父亲一身的水。

现在，父亲不再种棉花，也不再捕鱼了，田地转租给别家养了螃蟹，丝网也早已破损丢弃了。

“好了。”父亲见我剪完了灰指甲说。我立刻从记忆中回过神来，这时，屋外的阳光正温暖地洒在父亲骨节突起的大手上。

看着父亲这双粗糙、干裂的大手，我依稀看到一个家庭几十年来的风雨历程。

母亲的地踏菜

又是夏初季节，又是连绵的雨，雨后的天空阴阴的，像生气的老人那张忧郁的脸，一两天放晴不得。

我骑着车赶回老家。昨晚，母亲来电，说有好东西吃，我肯定喜欢。问是什么，母亲说回来就知道了，母亲想见儿子竟玩起了神秘，年迈的母亲童心未泯，真是有趣。但想来惭愧得很，好像有三个星期没有回去看望父母了，单位离家也并不远。

刚走进家门，便闻见一缕淡淡的清香氤氲在空气中，母亲手中托着一盘菜自厨房走出，盘子里，木耳似的叶片呈橄榄绿，配上金黄色的鸡蛋，嫩绿的葱花点缀其上，整盘菜，色香味俱全。“地踏子！”我惊喜地叫了出来。母亲说：“你还认得出？”

是的，我哪里会忘记。小时候，每逢阴雨天气过后，上学前，母亲就要叮嘱着交给我一个任务：放学经过河堤，到草丛里找地踏子，深绿色，像耳朵边大小的东西，采回来，中餐做菜。其他小伙伴好像都没有领到这个任务，唯独我有。像是搞地下工作潜伏敌军的探子，我表面镇静，心中藏秘密，多少有一点儿心慌之余，更多的是得意、兴奋和自豪。放学路上，在其他小伙伴诧异的目光下，我蹲在河埂边的草丛中慢慢地寻找。嫩绿的草叶上还挂着水珠，光脚踏上去，从湿润的沙土里挤出了一些浑浊的雨水，草丛底下就躲着从土里蹿出来的地踏子，一片两片，伸手去采，滑溜溜、水灵灵，叫人喜爱。

有时，运气好还能找到一簇一簇地拥在一起的，重重叠叠地卷着圆润的边，像夏日暴雨前天空中翻滚的乌云，形状各异，煞是好看。

在其他小伙伴不停的询问声中，我自顾忙着将战利品装进书包，跑回家中，似凯旋的密探。母亲早迎在门口，把地踏子摞出来放进清水盆里，拣去碎草，淘去泥沙，就可以下锅做菜了。彼时，生活贫困，物资匮乏，一般就用地踏子炒自家种的韭菜，偶尔，也炒一盘鸡蛋，那几乎是招待贵客的档次了。

后来，河流改道，河堤无须挡水，就被推平了，堤上杂树丛生，没有了绿茵茵的青草，自然无处寻觅地踏子的影踪。几十年来，很少尝到它的鲜味了。

长大后，知道了母亲说的地踏子就是地踏菜，雨后林草间湿地上极多。对它的称呼各地不一，南方多称为地木耳或黑地耳、地衣、地软儿，很是形象。西北方称它为地达菜，母亲说它是地踏子，估计是这个菜普通常见，随处用脚踢踏一下就能寻到。

其实，地踏菜多分布我国西南及西北各地，长江中下游水乡地带并不多见。外婆家远在丘陵山区，地踏菜出现较多，母亲耳濡目染，早就识得此物。在那个饥荒的年代，母亲为我的少年岁月增添了一份诗意，让我看到了生活中不只有贫穷和苦难，还有美好和希望。

“这个菜能帮助降血压，妈妈你要多吃点儿。”吃饭时，我一边津津有味地嚼着，一边夹起一块送到母亲的碗里，“你这是在哪儿采的？”母亲脸上深深的皱纹里溢满了喜悦，非常开心地说着，现在很少看到了，前几天下雨，出门，偶然看到邻村一户的后院里长出地踏子。这户人家常年外出打工，院落荒芜，这个机会，母亲自然不放过，一次竟采到一斤多，吃不掉，就洗干分袋放到冰箱里储存……

下午，临走时，母亲从冰箱里取出两袋追着送到我的手中。地踏菜静静地卧在袋子里，木耳似的叶片呈现橄榄绿色。我抬头看向远处郁郁葱葱的河堤，那儿有我少年时激动的心跳。我深深地望着站在面前白发如霜的母亲。岁月的悠长，将母爱酝酿成一坛放在墙边的老酒，低头，便体味到经年的醇香。

哦，朴实无华的地踏菜，平凡又伟大的母亲！

爱 如 山

父亲一生耕作，虽年岁已高，却总是离不开土地，一有空就到田里忙，这不，今年又种了一亩多油菜。

这几天天气晴好，父亲把菜割倒后，母亲便提前打电话给我和大哥，要我们回去帮忙。大哥在县城做蔬菜生意，生意很好，但此时也须放一放。我上午连续上了两节课，以便下午请假。

打菜要选阳光炙热的日子，太阳越厉害菜籽越好打，这与“心忧碳贱愿天寒”异曲同工。打菜籽，是偷懒不得的。

骑车回家，赶到田间时，父母亲早在忙碌了，一看便有点儿傻眼，原有一亩多田，按往年惯例一下午打完还要摸黑，可现在，呈现在我眼前的只有五六分田。妈妈边干活边絮叨着，原来，父亲这两天都没闲着，一人起早贪黑完成了近一半的任务。

匆忙加入。没过一会儿，大哥也赶到，四人劳作，速度快，效率提高了很多。

讲到打油菜，对种地熟悉的朋友都知道，油菜成熟割倒后，就等着打出菜籽，打菜过程比较烦琐，工具要齐全，手脚也多，不像稻和麦子，现在都用机械收割了。往日打菜，要用船将货桶装运到田间，把割倒的油菜秸秆一把一把放进桶里，几人跳进去用脚踩，像跳舞一般，效率低。现在有所改进，每家农户自备一块蛇皮大布（用塑料袋割开后缝制的），铺在田头用土垫平，再用一片丝网盖上，两头用竹竿固定，油菜秸秆摆上去，用连枷击打，菜籽便像沙粒一样绵绵涌出，俗称打菜。等到籽壳堆积多了的时候，两人抓起丝网同时抖动，菜籽就像水一样滑落到蛇皮布上等候装袋。

如此反复，籽入袋中，秸秆还田。

父亲下田总是很早，我们干了好一会儿，乡亲们才陆续经过，看到我们哥俩回家干活，他们也不觉意外，我便敬烟，他们接过香烟后满面笑容地说着话。

“累不累啊？老父亲干不动了，帮一下，快多了。”

“教书先生，干活也不赖啊。”

“闯出去了，还记得回家帮忙，没忘父母啊！”这是夸奖哥哥的，“能做生意，干活也是一把好手呢。”

父亲清瘦，腰微驼，但动作麻利，耳有点儿背，看到我们说话，未必听清，可脸上洋溢着喜悦的笑。我收获乡亲们的赞叹，自然喜滋滋的，可内心深处依然惭愧，老父亲一直种田，我们几乎没有承担抚养的费用。

往年菜籽收完后，父亲便把籽分成三份，大哥和我各一份，自留一份。这样，我家里的菜籽油就无须购买了，年年如此，我们享受父母的关爱都成习惯了。

三个多小时过去了，菜籽也打完了。父亲拍打完身上的灰尘后，坐在田埂上，摸出一根香烟抽，感觉很轻松。我却觉得筋疲力尽，走路都吃力，这都是长期不从事体力劳动的结果。此时，打菜的声音在空旷的田野里此起彼伏，那是乡亲们在田间忙碌。日头已偏西，我和哥便驱车回赶，车上驮着的是四袋菜籽，哥两袋，我两袋。

想起看过的一篇文章，一位深山里的父亲送儿子上大学，挑着沉重的行李，行走在山路上。看到父亲汗流满面，儿子多次提出挑一段路，父亲就是没答应，等到经过一个集镇时，父亲则把担子交给儿子，儿子在一片赞叹声中，明白了父亲的用心，也感悟到父爱的伟大。

今天，我们车上驮着的是菜籽，也是父母深沉的爱啊！

父母的爱或许永远都是这样，如山般厚重，值得我们一生去领悟去感恩；如水般灵动，哪怕是成年之后，它依然时刻滋润着我们的心田。

姑　　妈

姑妈去世是在1987年正月初六，那年她四十四岁，坟就在门前小沟旁边的菜园里，坟头对着家门。

姑妈是得骨癌死的，死时骨瘦如柴，死前数月剧痛无比，那尖锐的叫喊声刺破寒冷的冬夜，村里人说姑妈死了是一种解脱。

记忆中的姑妈：高高的个子，清秀的脸庞，在我们那一带算是一个美丽的女人。这也应了一句老话，红颜薄命。

姑妈嫁到邻村潘家，养两双儿女，一向勤俭持家，在我很小的时候她家就建起了砖墙瓦顶的房子，据说那房子是村子里最早最好的，作为姑妈家的亲戚，我们都引以为荣。

姑妈脾气犟（这或许是美丽女人的通病），可怕的是姑父脾气更倔，两头叫驴拴在一起那结果可想而知。姑妈每次回娘家，我妈一眼就能看出是不是争吵气回来的，我总觉得奇怪我怎么看不出，那边姑妈早已泪流满面。

姑妈很善良，每次见到我总是用手温柔地抚摸着我的头，接着就拿出糖哄我开心。希望姑妈常来我家还有一个原因，就是她身后总跟着一个与我同龄的小表妹，长得跟姑妈极像，于是，我们便玩个没完。

每到春节拜年，哥几个都抢着去，把到姑妈家作为荣耀，还能得到满满一荷包的糖果，那感觉真是太棒了，而每次我得到这个美差的机会最多。

姑妈自己不识字，但她却坚持让子女读书，四个子女，一个小学毕业，两个初中毕业，一个高中毕业（姑父曾极力反对二儿子上高中，姑妈借钱当学费，鼓励他读完）。在二十世纪八十年代，农村条件艰苦，做到这样确实难能可贵。受益于读书，现在几个子女生活都不错。

房子建好才两年，姑妈就生病了，三叔说，姑妈是起早贪黑逮鱼摸虾累病的，是勤俭节约省吃少用苦病的，是夫妻不和争吵打骂气病的。总之，姑妈这一病就再也没有回头路了。

农村那个苦啊！连吊盐水都没钱付，别说四处求医了，好不容易打听铜陵有个江湖郎中能治此病，家里把他当八代侍奉着，一个疗程，两个疗程，不见效果，三个四个疗程病情反而加重，那郎中就逃之夭夭了。

二儿子潘杰读初三时，姑妈病情恶化，疼痛加剧，整天汗如雨下，但不哼一声，怕影响潘杰晚上学习。坐在隔壁房间的潘杰经常泪流满面，姑父见后便在正屋旁搭一个小棚让潘杰住里面。

姑妈疼痛的呻吟声就从那晚传出，临终前数月每晚睡不到三小时。止痛法现在有多种，而彼时连吊水都不能正常进行，那钻心的疼痛无情地撕裂着姑妈的肉体，潘杰在小棚里经常伴着姑妈的叫喊声流泪到天明。

八七年的春节如期而至，别人家喜气洋洋，姑妈家暮气沉沉。初六那天，三叔带我们哥几个去看姑妈，走在路上就遇到哭成泪人的潘杰，我们一怔，什么都明白了——

那天竟然是晴天，空中还挂着太阳！

姑妈带着对人世间的无限留恋，对子女的无尽牵挂（子女一个都没有成家），走完了她悲苦的四十四个短暂春秋，她在坟中还守望着操劳一生的那个家。

在这个寂寞的夜晚，作此文以悼念去世三十周年的姑妈。

父亲节，我的父亲很不开心

今天是父亲节，可我不知道。中午女儿来电话，祝我父亲节快乐。本来是在午睡，接完电话后，真的很开心，睡意全无。

女儿不断成长，也不断进步。她在外读书，隔三岔五就打个电话回家，主要是问候一下，遇到大小事就和我们商量，咨询我们的意见，当然，我们也尊重她的想法，总是在她想法的基础上给予指导和帮助，力求完善，尽量不留更多的遗憾。

当我正在遐想的时候，又来了一个电话，是嫂子打来的，讲到我的父亲，要求我有空下午回老家一趟，因为父亲在家里生气。

回到家里快到三点了。父亲刚从床上起来，他中午没有吃饭，正在厨房热粥吃。他在灶下生火，眼睛被烟熏得眯成一条线，瘦削的脸庞被灶洞的火光映得通红，一闪一闪的。他没看到我，我便大声喊着父亲。他耳背隐约听到我的声音，便抬起头，走出厨房。

父亲脸色难看，好像依然沉浸在气愤中。我说你怎么到现在还没有吃，他说刚起来，中午和母亲争吵了一番，就没有吃饭。母亲为带孙子们读书，在学校附近租了房子，每个星期六或星期日回家一趟。父亲在家的生活就很不调和，一生都从事田地耕作的父亲，很少会做家务活；一生都和母亲争吵的父亲到老时还真离不开母亲，母亲的离开让他很不习惯，生活显得孤寂也很凌乱，他便絮叨，发火。

父亲已经七十八岁了，这两年也逐渐离开土地，特别是今年，所有的土地都转包了出去，一下子他觉得无事可做了，生活好像没了着落，生命的价值好像也无法体现。闲了的父亲很少去串门，也不找人聊天，整天在家待着，自然寂寞无聊，再加上这些琐碎的家务。

父亲用碗盛起粥，就着咸鱼吃。其实我分明看到桌上有中午剩下的饭和蔬菜，还有烧熟的鱼，父亲没有吃，或许是吃不惯，或许是生气不吃母亲烧的菜。吃过饭后，父亲接着就把碗筷洗了。

我递了一根香烟给父亲，父亲接了后，没有急于抽，在手上捏着。父亲一生除了香烟，几乎没什么爱好，从年轻时就一直抽到现在，几十年了，从未间断。香烟的档次也很低，几块钱一包，我们平时买的稍微好的香烟他都不舍得抽。一会儿，父亲点着了香烟，默默地抽着，也不说话。

门口一位长辈过来了，聊了一会儿，父亲基本听不到，也不插言。我留意父亲，他坐在椅子上，在打瞌睡。这时，手机铃声响起，是侄子从马鞍山打来的，我要父亲对着手机说两句，他摆摆手，算是拒绝。

下午快六点了，提前下班回来的嫂子在忙晚饭。嫂子上班时间点卡得比较紧，她回来煮饭时，父亲往往已经吃过了。嫂子见我在家吃晚饭，便现烧了一个汤，再把中午剩下的饭菜热了，就盛了饭汤送给父亲吃，父亲说他不饿，不吃了。说着话时，父亲竟然端来热水洗脚，他说头有点儿晕，准备睡觉了。嫂子说父亲晚六点就要睡觉，天没亮就起床，没事做就靠在床上抽香烟。

我们在吃饭时，父亲已经上床睡觉了。当我吃饭结束准备离开时，隔着窗户，看到父亲瘦弱的身体侧卧在床上。

今天是父亲节，我不知道，我的父亲也不会知道。

这个父亲节，我的父亲从早上开始心情就很糟。

这个父亲节，我的父亲他过得很不开心。

新桃换旧符

老家隔壁有一位代课教师，早年写过毛笔字，一到年底，村里人就把裁好的红纸送到他家里，请他写春联。代课教师学历不高，但规矩不少：红纸必须事先裁好；还要标明大门、后门还是房门；写好的春联要求大人来取。写春联那天，他就把堂屋的一张八仙桌拉开当战场，磨墨、书写，忙得脚不沾地。写的春联内容大多数是古诗上下句，也有一些是他临时编的。

年底时，每家都准备了许多菜，代课教师的老婆整理菜时急需要八仙桌，但她一看到桌上满是红纸笔墨也就默默地把菜带回灶房，就着狭小的灶台切菜、配菜。认得几个字的代课教师在老婆心目中地位显赫。

刚写好的春联墨迹未干，需要晾晒，这时，我们这些围在旁边观看满脸仰慕的小屁孩便争先恐后地帮忙，堂屋的地面、角落，门外的空地上铺满了红红的春联。凡是铺在外面的，不管有风没风都用碎瓦、泥块压住，远远看去红彤彤一片，我们穿梭其间，场面欢乐，年味浓郁。代课教师很细心，待春联墨迹干了，他便整理归类，大人来取时，他抽着递过来的两头通的香烟，随手一指竟准确无误。

如果遇到写喜联或丧联的，需要请他去家中慢慢商讨，好酒好菜伺候着，代课教师满脸通红、容颜焕发，显得风光无限。

年三十那天，代课教师喜欢带着十几岁的儿子挨家挨户地逛，一边欣赏自己的墨宝，一边检查是否粘贴错误。一次，看到我家大后门的对联贴反了，他找到父亲指出错误，父亲是一个不识字的忠厚人，自然连连点头，忙着递香烟，还是不行，要重贴，如果撕下来有破损，还要重写重贴，他认真得就像回到课堂上。

很快，父亲贴错对联的事情在村里当笑话传开了。人群中，不善言辞的父亲被臊成了大红脸。但是，父亲的心中也倔强地埋下了一个心愿。

父亲的心愿就是要培养一个读书人。在我初三复读的时候，几位叔叔都极力反对："读书有啥用，不如回来帮父母干干活，还能减轻家里负担。"父亲坐在堂屋的角落里，默默地抽着烟，昏黄的煤油灯光穿过烟雾一闪一闪地在他棱角分明的脸上跳跃。第二天，他便不停地催促母亲借钱给我交学费。

等上师范学校时，我就成了村子里唯一的"大学生"，用村子里老人的话说就是喝墨水最多的人。代课教师被辞退后外出打工，总是忙到年底才回家，家里事情一大摊，笔墨也扔了，哪有心情写春联。这时，村里人便把红纸送到我家，我也学着代课教师的样，在堂屋的大桌子上拉开架势，裁纸、磨墨、书写。我还特意从城里买回来一本春联大全，照着现成的写，速度快多了。那几天，母亲总是喜滋滋地在厨房里处理过年菜，从不提用大桌子，怕耽误我写春联。父亲则忙前忙后帮我整理，写好晾干后，他就抽空送给人家，接到乡亲递过来的香烟还有一大堆感谢的话的时候，父亲只是憨憨地笑着，瘦削的身躯跑得更勤了。我总觉得抬头挺胸的父亲有种扬眉吐气的感觉，没有人再记得当年父亲贴错春联的事了。

后来，村里人不写春联了，都买现成的印刷品，各种样式都有，一贴就好，省事又方便。年底，我便不太忙了，回到老家，东家逛逛西家走走，偶尔还冒出一种失业的落寞感。

说失业，也不完全是，每年，我还要必须写一家春联，那就是岳父家。

岳父是一位退休教师，一向喜好文学，平时在家写写诗歌散文，经常参加县老干局主办的各项征文活动，还多次获奖，晚年生活充实且幸福。每至岁末，他便自创春联，我就现场泼墨，写好后用面糊贴到每道门上。

岳父说："毕竟是知识分子，认识两个字，如果买几道春联，千篇一律，实在没什么意思。"开始，岳父自己捉笔书写，后来这个任务就交到我的手中。岳父创作春联的灵感来源丰富。要求子孙传承良好家风、努力学习的："忠厚传家久，诗书继世长。""民务乡财不苟，霞营国药无私。"嵌名对，儿子就职乡财政，媳妇经营一家中药店。孙女上大学了，就写："金榜题名瑞气充，圆梦中华不放松。""无益身心事莫为，有关家国书常读。"勉励子孙且自勉。岳父创作的春联情趣盎然、意义深远。

很快又到年底了，我瞅到窗前的笔和纸，临时抱佛脚地练起了毛笔字。

"千门万户曈曈日，总把新桃换旧符。"一年又一年，时光像斑白破损的旧符随风飘去。现在，手写春联这种古老的习俗已不再时兴，遗憾之余，我依然喜欢到处看看乡亲们家的春联，总是怀想那段忙忙碌碌、手写春联、年味浓郁的情景。

送　　殡

记得大舅去世不到一个月，大舅妈竟也走了，虽年岁已高，但短短时间两位老人相继离世，依然让人感到世事无常，悲伤凄凉。共同生活几十年，多少灾难、疾病都没有击垮他们，唯有其中一人先走，另一位无法面对，不到一个月，竟追他而去。

大舅去世时，大舅妈已时常神志不清。家里人忙里忙外，无暇顾及她，她白天靠在床上，痛哭流涕，为大舅去世；晚上，却呼唤着大舅的名字，不停提醒忙碌的子女，你爹跑到外面怎么老不回家睡觉，生气地捶打床铺，叫大儿子去找，在场晚辈无不潸然泪下。

大舅出殡那天，我身体不适，未能参加。大舅妈出殡的那天清晨，我早早起床，不希望再有意外，赶到大舅家忙了一些杂事后，便随车来到殡仪馆。

全县唯一的殡仪馆，坐落在县城西郊半山半坪处，业务异常忙碌，八点不到，停车场上的车就停满了。灵车开到遗体间门口，抬重的村民忙将水晶棺卸下。因为殡仪馆正在建设，临时搭建的遗体间用木板做墙，塑钢封顶，很是简陋，遗体就放在地面的木板上，家人简单地举行一个告别仪式后，便被送进火化间，不多久，在旁边的小窗里递出一个精致的木盒，那是装骨灰的，至此火化程序就走完了。

大舅妈是十一号，前面还有多位，我们便在外面散乱地站着。寒冬时分，北风呼呼地吹着，针尖似的直往衣服里刺，钢塑顶棚也嘎嘎作响，似乎这样的天气就是营造悲剧气氛的。我忙裹紧外衣，瑟瑟地站在风中。旁边有工人在抽烟，几个姨娘家表哥表姐有一句没一句地聊着，不时有唢呐吹奏的乐声传来，又一班送殡的队伍赶到。

表哥问工人："这么大的殡仪馆咋就没一个好的设施呢？"工人有五十岁出头，可能就是附近的村民，深吸一口烟后，缓缓说道："殡仪馆没钱。领导贪污被抓了，设施建设没跟上，不然我们也不露天受罪了。"

"呵呵，连死人也不放过。"老表笑了两声，突然感觉不合时宜，立刻收住笑容，"人咋这么黑啊，腐败都伸进棺材里去了。"

老工人自顾抽着烟，像是见怪不怪。这时，一阵唢呐声悠扬地响起。"这位过世老人年岁不小了。"老工人嘟囔着。

一会儿，开来了一辆敞篷车，车上摆放着水晶棺，一位少年头戴孝帽骑坐棺材头，手捧遗像——一张满是皱纹慈祥的老奶奶笑脸，估计有近百的年龄。站在旁边年长的人在数孝帽的种类，下代的辈分不同，戴着的孝帽不一样，有披麻的，有戴帽的，有白色的，有红色的——数着有曾孙子，还有玄孙子，五代同室，送葬的阵容煞是庞大，一打听，老奶奶九十九岁了。

突然想起泰坦尼克号里那位女主角露丝，在死寂的海面上，她浑身结冰躺在木板上，身体浸在海水里趴在木板边的是奄奄一息的杰克，露丝几乎失去了求生的欲望，杰克劝说她，你不应在这里死去，你要活下去，生育很多孩子，住着一个大房子，有很多子孙在身边，旁边还有暖和的壁炉，老死在一张大床上，幸福地离开人世。

是的，老人寿终正寝，子女心头的遗憾就少些。这位老奶奶的孙子们脸上还挂着笑容，选择的送葬乐曲也是欢快的、轻松的。

又一具遗体被抬走，我进去一看，下一个就到大舅妈了。表姐在床边不停抽泣："再也看不到那个神志不清的妈妈了，世上再也没有妈妈来喊了，有委屈再也找不到妈妈来诉说来保护了。"凝重的哀伤像黑云压城一般让人窒息，我止不住泪流，忙转过头去，走出遗体间，似乎想逃避那个现场。

过了好一会儿，大表哥手捧骨灰盒，走向停车场。回家的路上，表姐没有再哭，只是盯着窗外静静地发呆。

据说一位很著名的实业家，每隔一段时间，他会带着妻儿去火葬场看看。有人不解，问其故。实业家说："只要到了火葬场，你浮躁的心就会很快安静下来，把名和利都会看得很淡。"

这位实业家一定是智者，我想在后面还要加一句，看淡名利后，就会把家庭和亲情重视起来。

温爱如初

母亲年岁已高，每每念起，总有几个特写的镜头定格在我的记忆深处，挥也挥不去。

记得儿时，家里兄弟姐妹多，一玩起来谁也顾不上谁。寻常岁月，在我的脑海里留下印迹的人和事，除了玩，还是玩，其他的记忆则少之又少。唯独少时对母亲的那份依恋，至今记忆犹新。每次母亲去外婆家或出门有事几天不回家，我便有点儿失魂落魄。母亲不在家，父亲烧饭姐姐炒菜，可口的程度自然有限，更别提菜样的丰富了。晚上，不再有母亲的催促，独自睡觉心里空落落的，这样的三两天后，就特别想念母亲。

姐姐可能因为不堪家务的重负，拿起舀水的葫芦瓢在后门口“招”起来，在那个年代，长辈们说这招挺灵的，母亲能感应到。我总觉得那样有点儿邪乎，但心里还是希望应验。终于，当我玩渴了，从大妈家喝完凉水走出大门时，我真切又惊喜地看到母亲走在河埂上，母亲梳着两根长辫子，一只手自然地甩动，另一只手搭在肩上的一支长竹篙的根部，竹篙的后梢处挂着一个崭新的黄书包，那是为我买的，悬空的黄书包有节奏地晃动着，像是在向它的主人招手。

在那个晴朗的下午，扎着辫子、身形微胖、风尘仆仆的母亲形象就深深地烙印在我的脑海里，定格成为我儿时美好的记忆。

刚进师范读书时，一般是一个月回家一趟，一是想家，二是取生活费。母亲月头就开始聚鸡蛋，到月底时一并卖掉，凑足五元等我。十二月底，我回家，没看到母亲，当然也没有拿到钱，家里出了一些状况，母亲出门几天了。我无奈地回到学校，内心很惶恐，不知道下个月该怎么办。

几天后的一个上午，我正在上课的时候，母亲突然出现在班级的窗外。她第一次来学校，显然不熟悉环境，正着急地向里面探望呢，我激动异常，忙向老师请假，领着母亲向寝室走去，母亲一手挎着篮子，满面倦容但仍然很高兴地说，起了个早，等不及坐船，就走到了县城，还好赶上了早市，卖掉了鸡蛋。我惊呆了，走近四十里半山半圩路，需要起多早啊！我拿着母亲递过来的五元钱，不知道说什么好。

下午，我送母亲回家。上船时，剪着齐耳短发，挎着竹篮的母亲的背影印入我的眼帘，也就牢牢地镌刻在我记忆的底片上。

中年母亲勤劳而俭朴的背影，清晰如昨，给我温暖让我感动。

上班几年后的那个冬天，我大病一场，住院十几天，母亲一直陪伴在我的身边。刚开始住院时，我的状况还好，可几天后，身体因病痛的折磨而变得越来越难受，我情绪低落，整日不语。母亲忙前忙后，像陀螺一般转个不停，她无奈又忧虑的眼神从我脸上扫过，但嘴里却说，肯定会好起来的，医生说没事。我多少清楚点内情，知道母亲是在安慰我。

病房靠北边，整日晒不到太阳，异常阴冷。没事时，母亲习惯把双手拢在袖子里取暖，偶尔和病友聊天，母亲性格直爽开朗，聊着聊着就会放声大笑，似乎忘记了这是病房，躺在床上的我也渐渐受到感染，慢慢地开口说话，后来竟和另一位年轻病友合唱了周华健的《朋友》。那段时间，病房里洋溢着快乐的气氛。

两个星期后，我病愈出院，在理发店的镜子里，我第一次看到自己凌乱的头发和苍白的面容，同时，也看到站在身后的母亲憔悴的脸庞，和那双充满疲惫而又满含怜爱的眼睛，我的心一下子酸痛起来……

成家后，每次领着妻女回家看望父母时，母亲总是欢喜得不得了，怪我不提前说一声，好杀只鸡准备一下。那次，母亲主动打我电话，说有好东西等我们回家吃，刚到家，便闻到一股特别的清香，母亲满面笑容自厨房走出，手中托着一盘菜，木耳似的叶片呈橄榄绿色，配上黄澄澄的鸡蛋，嫩绿的葱花点缀其上。“地达菜！”我惊呼出来。“你还认得出来，”母亲说，“你小时候特别爱吃。”母亲的笑容从满面皱纹里荡漾出来，像一朵盛开的花。

腰扎围裙、手托菜盘就定格成母亲年迈时的形象，如画般温馨。

母亲青年时，我是少年；母亲中年时，我是青年；母亲迈入老年行列时，我也步入中年，在我成长的每个阶段，都有母亲的身影陪伴在侧，那一个个定格的镜头和瞬间，或美好或伤感或酸楚或温馨，但总是温爱如初，绵柔悠长。

祝福父亲

父亲是1997年底生病做手术的，那年他六十三岁。

那天，阴雨连绵、寒气逼人。母亲和我陪在他的身边。

术前乡村诊断是慢性阑尾炎，乡镇卫生院没有什么仪器检查，手术医生是当地一位名医，一年下来阑尾手术不下几十例，经我们同意后，直接安排了手术。可一上手术台，打开腹腔，才发现是阑尾肿瘤。名医喊来我们母子要求重新缝合并转院，他怕承担责任。母亲没了主张，期望的目光投向我，我的背后应该有哥哥，可哥哥远在北京。看着父亲灰暗的面孔，消瘦的身躯，我竟没有什么犹豫，就肯定地答复医生：继续做。

其实，父亲的阑尾炎早在九八年上半年就多次发作过，每次一发病，他就上吐下泻，门口医生吊几天水，症状就缓和，父亲就继续干活，可后来间隔的时间越来越短，不得已……

父亲不是不想做手术，一是怕花钱，二是怕耽误农活，这样一拖就是大半年。

父亲最大的特点就是勤劳、憨厚、朴实，像老牛一样辛劳耕作，像大地一样宽厚包容，像种子一样淳朴无华。

大集体年代，父亲担任村组组长，每天早早下圩，在小圩区回头对着村子抡一嗓子：乡亲们！下圩干活了。村民就陆续赶到，晚上收工，最后走的肯定是父亲。母亲每每叙述此事时脸上透露出的是灿烂的自豪还有一点儿隐隐的心疼。

早下圩、晚回家的习惯，父亲一生都在坚守。

那年考上师范，请老师吃饭，老师们到齐后等在田里劳作的父亲，一等竟等到下午一点，疲惫不堪的父亲回家后又惊讶又气愤，支吾半天才说清意思，打稻、上稻、晒稻很费时，并责备母亲应早开饭不能怠慢老师，好像他在田里干活一点儿都不觉得饿似的。结果，老师们也都感动异常。

二十世纪九十年代初，是我家庭最艰难的时期，几个子女都未成家，父亲思前想后，夜不能寐，母亲为此经常奚落父亲：靠想能有用吗？父亲不说话，默默摸出一支烟，拿着锄头下田干活去了……

“你父亲是累病的，是苦病的，是为你们几个操心操病的。”三叔无奈地叹息。站在医院的围墙外，我的心中就响彻着四个字“积劳成疾”。

原计划四十分钟的手术，一直拖了一个半小时，麻醉早已失效，父亲疼痛的吼声穿过墙壁，穿过空气，回荡在不远处烟雨朦胧的丘陵中。

母亲原是坐在手术室门边的椅子上，后来满含泪水跑了出来，像是无法忍受，又像是想远远逃开。

我脚下的烟头已堆积如山，一只手拿着空空的烟盒……

那是怎样一个难熬的时刻……

终于，医生满脸大汗地出来了，要我背父亲到病床上。原先都是父亲背我看电影、逛集市，现在却是我背生病的父亲，第一次感觉肩上的担子变得沉重。父亲双眼紧闭，闷声呻吟着，如此坚强的庄稼汉子就这样被病痛折磨得不成人形，我的眼泪唰地下来了，匆忙背起父亲……

当天，我便拿着名医交给我的肿瘤切块送县医院，名医已基本肯定它是恶性的，手术时，多切了一段，所以耽误了近一个小时。叫我化验，无非是最后确定一下。

几天后，化验结果出来了，正如所料，但化验师指出，肿瘤在阑尾，应该没扩散，以后如何就看父亲的造化了——我的眼泪又刷地下来了。

二十年过去了，父亲依然健康地活着，只是消瘦，一只耳朵已失聪，头发也全白了。一直做着两亩棉花地，我们多次强烈要求他把田放掉，可父亲总是坚持要承包，父亲就是这样离不开土地。

作为儿子，我新年的梦想就是希望父亲身体健康，再活十个年头，同时，也希望普天下上了年纪的父亲们都能快乐生活，久久长寿。

致　逝　者

2004年那个四月的早晨，我们一行四人前往芜湖弋矶山医院，去送高大爷最后一程。高大爷是老师，年龄并不大，只有三十四岁，之所以称他大爷，是因为他有句口头禅“我大爷的”。记得那时大桥还没修，车需经二坝镇轮渡过江，在轮渡上，遇到高大爷岳父家的亲戚，聊起后，都是冲着一个方向去的，都是揣着一肚子疑问等待解答。

太平间里，高大爷平躺在床上，头发全部剃没了，光滑圆溜，肿胀得厉害，看上去，显得出奇的大。据头天过来的人说，这已经是消了一些，昨天更大，眉梢上有几个出血点，经过整容后，不甚明显，但知情人说，这就是致命的，车祸强烈撞击导致的。

下午三四点钟的时候，灵车将高大爷送往芜湖市殡仪馆，我们紧随其后，殡仪馆坐落在郊外一处高地，四周一片荒山野地，很是荒凉，这也切合殡仪馆的氛围，馆内设施简单，两座建筑立在广场的一边，零落

珍惜相处

国庆期间，在外读书的女儿回来了。当晚，或许是乘车累了，吃过晚饭后，女儿和我们一起看了一会儿电视，就上床睡觉了。第二天，姨侄女也是女儿的闺蜜来到家里，女儿异常开心。姨侄女今年刚上大学，两人从小玩到大，现在又有共同的生活体验，自然有说不完的话。晚饭后，她们躺在沙发上，亲密地交谈着，一人一台手机，不停地刷屏。

十点多了，她们依然如故，可我和妻却准备睡觉了，外面的声响清晰入耳，开始，我试图慢慢睡去，但外面的说笑声时时将我惊醒，估计有十一点多了，我便要求女儿她们到自己的房间里，洗洗睡觉，女儿说太早了，睡不着，说着也就走进她的房间。

客厅稍微安静了，我便翻身睡去，不知过了多久，突然，外面传来不锈钢脸盆的撞击声，我又一次惊醒，一看手表，都快深夜一点了，我便愠愠然，大声地对着卫生间来了一嗓子：“你们怎么这么晚才睡。”

卫生间里传来的只是哗哗的流水声，身边的妻似乎被我弄醒了，默不作声地翻了一个身。

第二天下午，女儿她们逛街去了，我准备上床补觉。妻子告诉我："女儿知道你昨晚没睡好，可她们在大学读书，习惯就这样，手机不离手，个个都是夜猫子。"我说："这样咋行，眼睛受不住，身体也吃不消啊。"妻子说："女儿都快大学毕业了，长期在外生活，你能管得了。"我哑然。"女儿还说，你们先忍一忍吧，过两天她就走了。"妻子接着说。

我顿时语塞。是的，女儿长大了，回家就待几天时间，我能改变她什么呢？靠在枕头上，我思绪万千，眼前老是想起女儿幼时的情景。

大约是在三岁的时候，一次，女儿哭着跑回家，手里高举着一枚硬币，大声说，阿燕姐不卖糖给她吃。妻笑着问钱的来由，女儿便断断续续地叙述，在路上捡的，到阿燕姐家的小店里买东西吃，阿姨不在家，小店主阿燕说这钱买不到任何东西。妻接过硬币一看只有五分，比她大不了几岁的阿燕上小学，早已认识数，自然不肯吃亏。女儿哭闹着不依不饶，妻找来几枚硬币加上去，她就兴冲冲地跑到阿燕家买到了自己喜欢的东西才作罢。

女儿五岁的时候，幼儿园上得不正常，又没专人带她，我上课时就牵着她一道，要求她在走廊里玩，次数多了，她也准备了一根棍子，在走廊里玩厌了就走到班上，在学生的桌子上、头上敲来敲去，经常搞得班上哄堂大笑。我无法正常上课，便把她驱逐出去，不一会儿，她又回来了，故技重施。我想起了读过的一篇文章，马上贴着她的耳朵，小声地告诉她，你就是小老师，是我的助手，要爱护学生，不能打他们，要待在外面，他们调皮，我就叫你，这是我们之间的秘密。这样的窃窃私语，效果明显，她点点头安静下来，我适时递给她几只彩色粉笔，她就走到走廊里，回头还说，他们坏，记得叫我。学生们嘻嘻笑着，我则严肃地答应着。

现在，我困倦异常，却无法入睡。女儿不好直接和我说，委婉地通过妈妈转述，我在高兴之余甚觉心酸。不懂事的时候，女儿天真无邪，活泼可爱；懂事的时候，女儿变得沉稳孝顺，善解人意。可我们好像失去了什么，是的，就是时光，是那如泼出去的水一样的美好时光，看不见影踪，留住的只有记忆。

喜欢这样一段话："我钦佩一种父母，她们在孩子年幼时给予强烈的亲密，又在孩子长大后学会得体地退出，照顾和分离都是父母在孩子身上必须完成的任务。亲子不是一种恒久的占有，而是生命中一场深厚的缘分，我们既不能使孩子感到童年贫瘠，又不能让孩子觉得成年窒息。"做父母，是一场心胸和智慧的远行。

再过一两年，女儿就要毕业了，一旦工作，走上社会，她和我们相处的时间将越来越少。岁月依然静好，未来充满期待。作为父母，我们既要珍惜和儿女相处的美好时光，也要懂得适时而智慧地从儿女身边退出。

辑三／岁月留痕

五月天，桑葚熟了

是少年时候，十二三岁，瓜果青涩的年纪。

一切显得新奇、自由、狂放，像劲风吹过水面，像鸟儿划过天空。

五月的天气，炎热而亢奋，枝头的桑葚一天一个样。这棵桑树栽在路边，树身粗壮得一个成人都抱不过来，爬这棵树对当时的我来说是一个很大的挑战，我曾很多次徘徊在树下，经过细致的观察和尝试，终于找到了一条捷径：需先爬上旁边一棵较粗的榆树，借助它上面一个斜斜的枝干跨到桑树的一个枝丫上。做这些动作的人，需要身轻如燕。虽然是曲线救国，但能成功爬上去却让我成为同龄人中的骄傲。这条路径一直是我心中的秘密，现场有人时，我是不会暴露它的。

三爷一向是个严肃的人，他最反对孩子爬树，更不会借梯子给你。所以能不借助外力爬上这棵桑树的人在村中寥寥无几，而村中桑树少得可怜，几乎找不到这么大的。

三爷家的桑树够巨大的。一次，三爷家办喜事，梯子靠在树下，十几个小孩和大人猴在上面摘桑葚，简直像三爷家开了一个桑葚宴席，招待左邻右舍，场面宏大，热闹非凡。只是热闹归热闹，小孩能摘到的桑葚少得可怜。而现在，整颗树上就我一个人，站在树干上，看不到树下经过的路人，放眼望去，满树或红或紫的桑葚，像灯笼，像玛瑙，悬挂枝头，想到它们都归我一人所有，那心情真是爽快啊。

我一边挑着一边吃着，不时，居高临下地向远处眺望，田野里，金黄的麦子快要成熟了，一大片一大片割倒的油菜，像列队的士兵一样整齐，正等着大人去收拾……

我正浮想联翩的时候，突然，觉得稍远处的一个枝丫在动，扒开枝叶瞅去，是同村的阿文，这家伙啥时候上来的，我竟不知道，也不打招呼，忙着赶紧摘桑葚。

晚上回家，除了满嘴的乌青，衣服上也沾了很多桑葚汁，据说这个汁水很难清洗，妈妈看到了，免不了一顿责骂。当然，也就几句，一般不会有大动作，在那个物资匮乏的年代，哪家没几个馋猫似的小孩。

多年后，在城里读书回家，看到三爷家的桑树砍掉卖了一百多元钱。彼时，心中不甚惋惜。

现在，又到了五月天，阳光开始刺眼了。一日，回家看望父母，顺便带着钓竿。到家后，来到塘口，看到塘边桑树上有红紫的桑葚，我摘了一颗穿在钓钩上，扔到塘里，悬挂在水中，一会儿，浮子下沉，猛提钓竿，知道上鱼了，便来回溜几圈，收回竿拖上来一条近一千克的鳊鱼。

中午，妈妈将鱼烧了，吃着新鲜可口的鱼肉，爸爸问："鳊鱼浮游在水上，你怎么钓到的？"爸爸年轻时是捕鱼高手，妈妈也觉得奇怪。我说："就是用我们小时候最喜欢吃的桑葚做诱饵钓到的。"

塘口边的桑葚熟了，乌紫发亮，小孩子们却视而不见，桑葚就散落一地，有的掉进水里，鳊鱼就好这一口，慢慢的，鳊鱼就习惯在水上等着天空掉馅饼。

这样，五月天，熟透了桑葚又派上了用场。

智慧的诺维斯基

2011年度NBA总决赛热火对小牛的第四场比赛于今天中午开战。

上午第三节课后，匆忙回赶，打开电视，还好，第三节还未结束。此时，两队分数相差无几，小牛连续进球，分数实现反超，热火也不含糊，迅速几个抢断，快攻得手，分数立马扳平，再超。双方咬得很紧，防守压力都很大，正如评论员说的，总决赛往往都是这样，没有很好的防守就没有赢球。

第三节结束前，热火领先5分，这时评论员接到前方消息，说诺维斯基身体发飘，发挥失常，几次明显进球未进，是有原因的。再看诺维斯基感觉很是疲倦，动作也有点儿变形，评论员接着说，他身体发烧，达39度，美国算法是100度，可小牛不能缺少主力球员，他毅然决然地咬着牙坚持打下去。第三场结束，比分差距扩大，我为小牛捏把汗。

也许是女儿不喜欢詹姆斯的关系，也许是宣传过于强化热火三巨头威猛的原因，今年的总决赛，一开始我就支持小牛队，希望他赢下比赛。人都有同情弱者的本能，即使小牛拿不到总冠军，也要多撑几场，让我们观众多过几把瘾，哈哈，可能很多人都会这样想。女儿上课没时间看现场，我就义务将比赛情况转播，一说小牛赢了比赛，女儿那个兴高采烈的样儿，简直比考高分都开心。

第四场开始，小牛依然稳打稳扎，一度把分距缩小，拉近。由于，防守太严，体能消耗太大，中间好几分钟双方都颗粒无收。在这样高强度的对抗中，自身的技术往往都无法施展，拼的就是毅力和智慧。终于小牛打破僵局，连续得手，追平、又反超3分，让我奇怪的是热火教练未做暂停和调整，似乎在考验三巨头的承受能力。

临近结束四十秒，小牛依然领先3分。这时间往往是球赛场上最激动人心的时刻，比分差距不大，双方各有暂停和攻击机会，教练斗智斗勇，比赛就显得好看。小牛强硬防守，不让热火扳平投三分，闪电侠韦德更是了得，强行突破攻进2分，差距1分。小牛进攻时间还剩三十秒左右，理论上各有一次攻篮机会。

诺维斯基接球，计划把攻篮时间消耗到剩六秒前后进攻，这是NBA赛场的惯例。他便背对篮筐，稳步站立，防守队员如临大敌，紧贴后背，不敢有丝毫懈怠，没有其他队员过来夹攻，也没有换防、挡拆，就这样球场上十人交错站立，互较暗劲，时间一秒一秒过去，像似惨烈激战前的短暂喘息，又像暴风骤雨前摇摆未定的树叶，就等那惊心动魄的一刻到来。在剩十秒时，诺维斯基竟出人意料地转身，提前发起进攻，防守队员猝不及防，立马被甩掉，旋风般攻篮得手，比分拉大到3分。

诺维斯基智慧之处是打破常规，攻篮容易得手，3分之差让对方没有更多的选择，另外给对方的时间所剩无几，无形中把压力甩给对手。热火最后一次进攻失误，韦德拼死救球，但时间已逝，回天乏术，以微弱小分败于小牛。

密如高墙的防守、风卷残云的进攻，特别是诺天王敢于取胜的毅力和智慧，让这场比赛煞是精彩。

喜酒也纠结

已经有两天没进米饭了，可我一点儿也不觉得饿。睡在毛毯里，我在计算着两天共有多少餐。

在连续吃了一个星期喜酒之后，前天中午，来到孔雀庄园农家乐，剃着平头的刘总的女儿上了大学。刘总——我又称呼他“小老爹爹”，隔了五服或者是六服，其实他的年龄比我长不了几岁。刘总年幼丧父，没读过什么书，小时候要过饭，挨家挨户贴过门神，十几岁就闯天下，在南京做不锈钢生意，车子换了一茬一茬的，个子不高，剪个当下流行的板寸，一看就是一位事业有成的小老板。刘总好个酒更好个面子，回老家来，大伙儿捧着就高兴。

“这一次，小女上大学，各位亲朋好友无论如何要捧个场，给个面子啊！”刘总在电话里用老家的普通话大声地说着。

“刘总，这是值得庆贺的喜事，放心，我肯定到。”

原来安排十桌，但临时添了不少人，十桌坐不下，我劝刘总还是按原计划安排，挤一挤就行了，时间已经十二点了。刘总拍着我的肩膀说：“加辉，小老爹爹就要个面子，挤了你们那儿怎么可以！”那就等，等厨房现加两桌。

熟悉的人招呼着打起了掼蛋，还有一些亲友聚在一起大声地聊天，小孩子蹿来蹿去，追逐打闹。到酒店吃喜酒，小孩子最开心，整个大厅里烟气缭绕，热闹异常。

我胃里唱着空城计，还不时地冒酒气，魂不守舍地瞅着手中一副牌。等到刘总通知我们掼蛋可以停了的时候，已经是下午一点多了。当我站起来把牌收拾完之后，突然感到浑身无力，大把大把地冒着虚汗。坐到桌上，看到冷盘，便忍不住吃上两口。同桌的一位医生朋友说，你这是饿的，血糖低，要补充糖分，多吃点儿东西就好了。刚才还不好意思，现在有医生现场诊断，我便肆无忌惮地吃了起来。酒是没敢喝，从冷盘吃到热菜，从荤菜吃到蔬菜，从肉汤吃到甜汤，我几乎没停过筷子，胃也随着食物的进入慢慢变得舒适，变得沉重。晚上，妻煮了稀饭，那么诱人的小菜摆上了桌，我却一点儿胃口也没有。

第二天，胃里依然如故，积食吗？不像，以前从未发生过，应该是大前天的酒喝多了，胃肠功能差了。

想起大前天，我就心惊胆寒。一位领导的闺女上大学，领导又高升了，双喜临门，领导高兴地说，自己掏腰包请客，大家伙不要有顾忌。酒桌上是火爆异常，谁也不准走，酒从中午十一点多喝到下午两点，先是白酒后是啤酒再后是红酒，晚上接着喝，十点多到家，我便觉得头昏，胃里在翻滚、打架，还没冲到楼下便一泻千里，一股强烈的胃酸灼痛食管生生地疼。当时，我就觉得，再来这么两次，食道癌可就离我不远了。

我终于起了床，昨晚下了一场暴雨，今天阳光虽灿烂气温却不高，又是一个好天气。一翻手机，八月十八是个好日子，妻说今天四家喜酒，两家红包已送，另两家还没有去。家庭会议最后决定，红包已送的两家由妻和女儿去吃喜酒，另外两家我负责，我暗自定了一家送红包，拿了喜糖就走，另一家留下吃。

记得放假前，妻盘算过这个假期要吃二十五家喜酒，红包费估计一万二，我想等会儿需要核实一下还有多少家没吃。

真的，这个暑假，哥很忙，很累，也真的很纠结，别羡慕哥，套用一句时髦的话：哥不在喜酒桌上，就在去吃喜酒的路上。

喜欢《成都》

听一遍就喜欢上的歌曲是《成都》。

那是今年2月5日上午，电视里播放着湖南卫视节目《歌手》，当那位颜值不高的小伙子走到台前的时候，我有点儿失望地走进厨房准备吃早饭。女儿说，他是唱民谣的，早就成名了。我想：成名的人多了去了，背着吉他是不是真的很文艺，难说。

隐约听到前奏是用吉他弹的，当我捧着碗来到客厅时，小伙子已经开始唱副歌了。干净略带沧桑的声音，简洁清新的台风一下子就把我吸引住了，节目放完后，我立刻要回放。女儿说，这首歌在成都的大街小巷都传遍了。女儿在读大学，关注面广，我也常上网，却一点儿都不了解。

完整地听了第二遍后，我迫不及待地打开电脑，把这首歌添加到我的歌库里，对照歌词循环播放，我完全沉浸在它那美妙的音乐声中。

首先是曲调，清新简单，舒缓自在。三十几秒的吉他前奏拉开序幕，就像一位活泼可爱的女孩引着你走向一处别致的庄园，优美的旋律立马抓住了你的耳朵。主曲旋律依然简洁明快，耳朵里流淌的都是民谣的干净和纯真，既没有“死了都要爱”的那种撕心裂肺，也没有嗲声嗲气的矫情缠绵。一如美丽幽静的庄园加上热情优雅的主人让你身心愉悦、留恋难舍。这样的清新悦耳的旋律听着听着便使人沉醉不已，欲罢不能。

再说歌词。“让我掉下眼泪的，不止昨夜的酒。让我依依不舍的，不止你的温柔”，是朴实而真诚的叙事，朋友盛情的酒、美好的情，在字里行间慢慢流动。“分别总是在九月，回忆是思念的愁。深秋嫩绿的垂柳，亲吻着我额头”，人在长大的同时，也在一点一滴的积累，积累着属于自己的回忆，那些回忆或平淡或激烈，或悲伤或欢喜，总是与离愁别绪纠缠不清。作者写分别却不忧伤，写离愁却不酸楚，满心装着的都是美好。

歌词中最打动人的是细节，说的都是稀松平常的事，但每个细节的画面感特别强，极易产生共鸣。“你会挽着我的衣袖，我会把手揣进裤兜。”男孩应是白色的衣袖，皱巴巴的，随意地捋起，手悠闲地插进裤兜，矮一点儿的女孩踮着脚挽着他的衣袖，小鸟依人般可爱，他们边聊边在街头闲逛。这样的场景是那样的熟悉，极具人情味和生活气息，听着听着就会在内心深处激荡起那柔软的部分。歌词中刻画了有关成都的细节：“玉林路”“小酒馆”“和我在成都的街头走一走，直到所有的灯都熄灭了也不停留”等，引起成都人的共鸣，给人以无限的亲切感，也勾起了外地网友对成都的记忆和憧憬。

赵雷说，这是写给一座城的情歌，想表达对这座城的记录和留恋。其实，每个在外漂泊的人心中都有一座城，城里都住着一个或几个人，那是珍藏在心底的回忆，从这个角度看，把《成都》理解成写给一个叫成都的女孩的情歌，也未尝不可。

最后，是演唱。赵雷低回的唱法，呈现出一个略带沧桑、辨识度高极具特质的嗓音，他气定神闲、咬字带着自己的味道，不高亢、不嘶吼，却把观众唱得热泪盈眶，激动不已。

我把这首歌也导入到车曲里，每次开车出门时，《成都》是必听歌曲，随着它如水般韵律的调动，我的身心变得平和且放松。《成都》以音乐的翅膀，悠悠地飞进了我的心中，幻化出一朵朵美丽的云彩，真切而感人。

早春垂钓像初恋般浪漫

今天阳光灿烂，温度有10度以上，适合垂钓。那放在角落里的钓具经过一个冬天的煎熬，早耐不住寂寞了，恨不得立刻飞到水边与鱼儿来个亲密接触。

下午没事，去钓具店里买两元钱红虫，配好一大袋饵料，拎着钓具，骑着电动车就向塘边奔去。根据实战经验，如今钓鱼已不像从前，随便扔一把酒米，鱼就奔过来。现在需要更具有诱惑力的商品饵料，里面有油饼、大豆、鬼米，甚至还有中草药，放档次较高的白酒。那香味，鱼儿吃着都掉眼泪。穿在钓钩上的也不再是蚯蚓，而是颜色更艳的红虫，为的是吸引鱼的眼球，增加鱼的关注度和回头率。

钓鱼其实钓的是心情。那像鹅毛掸在身上的暖融融的太阳，那“遥看草色近却无”的河堤，那划过树梢小鸟般自由的喜悦，一切就是那样舒坦，那样惬意。

骑行了四十多分钟，我终于找到一口鱼塘准备下窝。下窝也讲究，长塘钓腰，圆塘钓梢，有草钓无草，无草钓有草。我瞅准了位置，迅速下料。毕竟是早春，水温还不高，饵料下水后需等四五十分钟。那么，就利用这个时间抽根香烟吧，坐在埂上，眯着小眼，任烟圈袅袅升起，任思绪飘向远处。

钓鱼其实钓的是感觉。想象中，那鱼排着队向窝中游来，大的鲫鱼有一斤重，还有黑鱼和鳊鱼，都急不可耐地觅食了，呵呵，感觉很好，估计时间也差不多了，开始下钓，静等鱼儿疯狂咬钩，还把线松松以防个别大家伙负隅顽抗。

水面上白色的浮一动不动，我撑着竿的手腕有点儿发酸，忙换了姿态，调整了一下重心。远处柳枝开始冒芽，像雀舌一般，嫩嫩的、羞涩的，塘中央有鱼在撒欢，搅起的水花啪啪直响。塘对面，有位钓翁驾车刚到，东瞅西望寻找窝口。过了好一会儿，我习惯性地轻提钓竿，不自觉地来回拖动，希望引起鱼儿的注意。有经验的钓者说，气温低的时候，鱼儿也懒得动弹，活动范围小。终于，我无奈又失望地换个窝口。

钓鱼其实钓的是定力。三十分钟过去了，几个窝已轮换了一遍，那浮儿下滑上送的动人场景就像海市蜃楼难得一见。我小坐时又抽了一根香烟。对面那钓翁好像钓了几条，我再次下钓时太阳有点儿西斜了，看到浮明显一动，我的精神为之一振，眼睛瞪得大大的，鱼儿在试饵、在送浮，忙提竿，想象着一头大鲫鱼在钩上摇摆。唉，提起的竿很轻，红虫依旧粘在钩上。凭经验，这是一条小鱼，嘴太小，无法吞饵，就像猫仔嬉玩羽毛一样它也玩耍着红虫。换一个窝，依然平静。

太阳要西沉了，对面的钓翁收拾钓具离开了，不知道他有没有收获。于我，回家的脚步也越来越近了。

我骑着车慢悠悠地行驶在马路上。不知什么时候晚风吹了起来，虽然不大，却也有一丝寒意。早春的第一次垂钓就这样空空收场，感觉像是初恋，很多是青涩，但沐浴着阳光，满怀着希望，更多的是浪漫。

冠军德国队

说的是上届世界杯的事。

那天凌晨三点起床，为的是看一场足球世界杯决赛，德国对阿根廷。经过近三个小时的拼搏，德国队在加时赛快结束时打进了一粒绝杀，最终赢得了比赛。这次夺冠具有很大的历史意义，它打破了八十四年来在南美举办世界杯欧洲球队从未加冕的魔咒。

想来熬夜看球已经很长时间没有干过了，这次世界杯大多数也只是看转播的。主要是想到阿根廷队，1990年世界杯印象深刻，老马一人带球突破，盘带、肩挑，连过数人，像闪电一般杀入禁区，然后射入网洞，令人刺激加震撼。后人评价说这支球队有三人足矣，后卫、门卫加老马。

本次阿根廷队中有梅西，他的个人能力不逊于老马，奔跑的速度，过人的能力，临门一脚的功夫，可以说世界顶尖水平。看球过程中，梅西确有一些精彩的表现，但对手显然盯他太紧，对他的一贯风格也研究到位，他一旦拿球，至少几人围抢，这让他很难有更多的机会。在他牵制对手的时候，他的队友有两次绝好的机会，虽构成极大的威胁，但由于个人的能力问题，都没有进球。这样比赛被拖入加时，在加时下半场，德国队体能显然好于阿根廷队，在一次阿根廷队后卫防守疏忽之时，给了德国队机会，替补克洛泽上场的格策（曾经获得欧洲金童奖，号称德国的梅西），接队友传球，未等皮球落地，抬脚垫射，简直是零角度，门卫防不胜防，球应声入网，而这时防守队员才刚返回。1：0领先，这也可以说是绝杀，离比赛结束的时间也只有几分钟。

颁奖典礼上，看到默克尔，大红的上衣很醒目，这位在欧债危机中表现出色的德国领导者亲临现场，这也是她第二次来到巴西，前一次完全是作为球迷出于个人的爱好自费来看球，这一次是受足联邀请出席颁奖仪式的。在德国夺得冠军的时刻，默克尔笑得就像小姑娘，在德国队员面前，她就是一个不折不扣的球迷粉丝，很风趣也很亲民的一位女领导者。

原先和女儿都希望阿根廷队夺冠，因为有梅西。现在德国获得冠军也不觉得有多少失落，毕竟这些国家包括世界杯都离我们很遥远。另外，整场比赛虽说比分不大，但精彩连连，德国队整体上也确实占优，只要有那么一次把握住也就足够。想想德国队也不容易，2010年南非世界杯被西班牙打败，未能进入决赛，2006年在自家门口被蓝衣军团意大利夺冠。虽说曾获得三次世界杯冠军，但一路走来也是有很多伤痛和泪水。本次比赛，阿根廷队身穿蓝衣战袍，本想重蹈蓝衣军团的喜气，结果事与愿违，徒添花絮。

看球归看球，享受其中之乐也就足够，看到有球迷评论阿根廷队不像原来的样子，没有踢出原来的水平，那德国队呢，有原来的样子吗，原来的样子就是对阵巴西7：1，他能把阿根廷队打成那样吗？杀进决赛，都不是弱旅，心态也会不一样，踢法自然呈现出多样化。

也不太欣赏老拿中国队去比，你可以调侃，你可以嘲笑，说世界上有两支球队很稳定，一支德国队，四次夺冠，另一支就是中国队，很少进入世界杯。但不必过多指责，谁不想夺冠，谁不想冲进去，主要还是看问题出在哪儿。

开车要趁早

网上流行一个段子：你的孩子惹你生气的时候，请静下心来默念：亲生的！亲生的！亲生的！当你老公惹你生气时候，请静下心来默念：我选的！我选的！我选的！——态度决定心情。心情好啥都好。

把这一招用在开车上，也挺灵的。

上个月，在车行里愉快地订了一辆车。晚上回到家里，有点儿小激动，老睡不着觉。驾照拿到手快五年了，一直没有购车计划，一方面是众所周知的原因，囊中羞涩，另一方面是实际需要不明显，小区离单位近，徒步十分钟不到。

去年，女儿拿到了驾照，一直搁置的计划再次提到议事日程上，女儿自然举双手赞同，妻子在女儿的鼓动下也跃跃欲试准备考驾照了，这样一来，购车就变成顺理成章的事了。

取回车的第二天，我就准备独立上路。小区的路线事先经过踩点，两个直角弯，大门口的两个红桩算是限宽门。正要出发时，妻子不放心，坐到副驾驶上。就像当初开摩托车坐在后座控制车速一样，她打算随时进行温馨提示。

车速很慢，两个直角弯过得顺畅，红桩前，是一段上坡，需要点油门，我有点儿傻眼，完全凭感觉了，好在红桩之间的距离不小，也轻松过了，左右扫视，便开上了大路。大路上的车子如水一般，川流不息，在我刚把车摆正的时候，两辆轿车几乎同时从旁边呼啸而过，感觉像是较上了劲，掀起的风穿过窗户打在我的脸上，我的心一下子收紧了，立刻在心里默默地念：别理它，别理它，别理它。怦怦的心跳慢慢地平静下来。

“尽量靠近中线行驶，行人和电动车就在旁边，边线就是生命线。”

“速度过慢，会车就较多，对新手来说也是考验，所以要有一定的速度。”罗教练的话言犹在耳。

这时一辆卡车按着加长喇叭从我车边超了过去，旋起来一股风沙，让我都睁不开眼。我握紧方向盘丝毫不敢分神。卡车开远了，我发现很长一段路竟然没有车也没有人，便把油门略微加大了一点儿，不时还扫视一下远处的风景，悠悠的东风从窗口灌入，把我脸角的汗水吹干了，两边的绿树向后面飞快地倒去，疾驰如风的感觉很放松也很舒心。

正当我悠然自得的时候，从一条小路开出了一辆电动车，飞快地跟了上来，一会儿的工夫，就快要和我的车子平行了，从回视镜上看，开车的是一个小伙子，双脚中间悠闲地夹着一根钓竿，他没戴头盔，经过我的车窗时，抬头瞟了一眼，满脸的不屑，好像我脸上写着“菜鸟”两个字。电动车都想超过我，我刚才还悠然平静的心湖像被扔了一颗石子，激起的涟漪向全身发散。我正准备加大油门时，坐在旁边的妻子似乎明白我的心思，眼睛的余光像箭般扫了过来，我立刻收回了水波，轻轻地抬了一下脚，在心里默默地念着：要淡定，要淡定，要淡定。

第一次开车结束后，妻难得表扬了一下，并高瞻远瞩地提出训练路线："打持久战，先开乡村公路，再开乡村小路，等熟练了，最后开向城市，开车就像打仗。"

开车要趁早，四十几岁了，像我，要想开好车确实不是一朝一夕就能做到的，但我一定要念好开车三字诀，牢记妻子的指导方针，驾车时，把珍惜生命作为最高境界，把车随心动作为最高追求。

钓个秋高气爽

又到秋天，又到了钓鱼的好时节。

门前有个塘口，家养的，塘主是我的一位朋友，做装潢业务。偶尔手痒，又不愿出远门，便跟朋友招呼一声，下塘钓钓。朋友自然满口答应，时不时还奚落几句，钓啥子鱼呢，半天钓不到一斤，不如打打牌，或许还赚个日工钱。朋友是个钓鱼高手，对我很是了解，像我这样的钓手，半路出家，在塘里闹不出啥动静，大鱼碰不得，一碰就乱；小鱼搅多了就失去耐心，厌烦不已。最后，是一声叹息，折戟而返。

属于典型的瘾大技术差。

大多数情况，也正如此。去年这个时候钓过一次，半天没钓到几条鲫鱼，小得可怜就像瓜子壳，在地上乱跳。可恼的是，后来遇到一条不知名的大家伙，还不知咋回事，一提一拉，线断了，大家伙影儿都没见到。关键，窝口被折腾得啥鱼也不来了。

今儿个，还是忍不住手痒，站在塘边，阳光下，整个人感觉暖暖的，眼睛眯着，通体舒坦。光线折射在水面上，像碎银一般闪烁跳动。浮漂动了，一伸一缩，频率很快，知道这是“瓜子壳”，不理它吧，蚯蚓很快就被其蚕食，理吧，几乎十提八空，没办法，只有拖拖拉拉，盼望它早点儿离开。当然，更盼望来个稍大点儿的家伙，“瓜子壳”自然不敢久留。

鱼类世界与人类应是一样，大欺小，混的就是体大凶猛。当然，也都怕一个网，渔网或网络，君不见周久耕、杨达才之类，就倒在网络人肉之下。

哈哈，扯远了，继续钓鱼。瓜子壳们依然故我，闹腾着不肯离去，蚯蚓已换了多次，剩下的全都是比较粗的，钓鲫鱼不适合，心中就凉了半截，看来今天是没啥收获了。

刚才还觉得暖和而舒服的秋阳，现在感到有点儿热了，银子似的光线也刺眼起来。干脆坐下来，抽一根烟吧，就像麻将桌上三圈还未开牌，怎一个“闷”字了得。

朋友家就住在附近，没事转了过来，看我垂头丧气的样子，鼓励着说，钓鱼钓的是开心，跟鱼过不去干啥？我想想便心情豁然，对呀，享受阳光，享受钓趣，足矣。

再次下钓时，竟平静异常，“瓜子壳”似乎了解我的心思也都悄悄撤退了。这时。浮漂轻轻一动，未停一秒，便迅速下沉，我忙提竿，很沉，一用力，水花四溅，朋友在旁边忙喊放松放松，可惜，已经迟了，就听啪的一声，钓线断了，浑水一翻。

“换粗线再来。”朋友也来了兴趣。我回家找出钓具，摸出一粗线，上好锯子再次下钓。其时，窝口泡泡很多，朋友很有经验地说：“肯定是大家伙。”果然，刚放下去，浮漂便上扬，一提，又是一沉，这时我早有防备，一放松，鱼便蹿出老远，慢慢回收，如此反复，鱼似乎受不住钩子的疼痛，裸游到岸边，整个身体一下子曝光了，原来是一条八九斤重的草鱼。“灌水。”朋友站在岸边，像教练般指导。我便提竿放下，如此反复，那鱼也听话般地一口一口地吞水，灌了好一会儿，草鱼的肚子漂出了水面，像是完全蔫了，朋友便接过竿叫我到水边去逮。他提醒着，逮鱼有技巧，要扣紧腮，鱼可能还有后劲，一旦拼死一搏，容易前功尽弃。

我是第一次抓这么大的，根本没经验，摸了几下，没扣到，草鱼果然一蹿，一个水花溅起，我脑子一片空白，到手的肥肉又跑了。多亏朋友钓功了得，早做防备，线放得老长，蹿入水中的鱼仍被牢牢地钩住。朋友继续灌水，最后，鱼如死了一般，被拖了上来。

我是第一次钓到这么大的，激动啊！回家一称，八斤半，杀开，一分为二，朋友一半我一半。中午，把朋友叫过来，小酌一番，外面秋阳高照，远处青山幽然。

输给身体

关注世界杯已有二十多年了，曾经那些名字熟悉的人现在无一不坐在看台上看球。

最早看球是1990年世界杯，从小组赛开始，一直到半决赛，几乎没落几场。世界杯开始前，我就做了很多准备，研究球队和球星，预测比赛结果，没事就在寝室里和几个球迷同学侃足球，为喜欢的球队和球星争吵得脸红脖子粗。

我喜欢的是荷兰队，锋线上的三剑客的名字现在还烂熟于心：巴斯滕号称是一位充满诗人般灵感的天才射手；古利特最富有标志型的是满头的辫子，踢球的时候辫子在球场上飞扬，获得了绿茵场上的摇滚者的美誉；里杰卡尔德是全能型球星，据专家评说，他在绿茵场上任何位置都能发挥作用。每有荷兰队的比赛，我都不会放过，一旦三剑客在锋线上有精彩的表现，人球分离的过人，妙不可言的配合。电视机前的我就热血沸腾，情不自禁地欢呼，那真是由里到外的热爱。

另一个关注点就是阿根廷队。谁都知道，1986年世界杯是一个人的世界杯，那个人就是马拉多纳。彼时的马拉多纳如日中天，上帝之手加上连过六人进球，早成为世界杯的经典，直到现在电视介绍足球时还反复播放，人们谈论足球和世界杯时也是绕不过的话题，身高不到一米七的马拉多纳是一代球王，没有人否认。1990年世界杯上届冠军阿根廷队来了，挟着威风的马拉多纳来了，谁不想一睹球王风采。

那段时间，课是没心思上了，整天就在大街小巷跑，看到电视里放球赛就挪不动脚步，哪怕是回放转播都要看一遍。记得进入淘汰赛那天，有荷兰队比赛，我从早上就忧心忡忡，因为没落实好电视，班级那台电视白天都是锁在电视柜里，晚自习前只看新闻联播，肯定用不起来。而且，直播在晚上，转播都在白天，不可能把电视搬出来。放晚学后，终于打听到班级一个同学有亲戚在县粮食局当门卫，那儿有电视。可这位同学不爱运动不爱看球，就喜欢拉二胡，背后我们就奚落他，枉费那一米八五的个子。那晚我伙同其他几位左劝右劝，这家伙就是无动于衷，后来，我们火大了，生拉硬拽把他拖到粮食局，好在那个门卫也喜欢看，对我们的到来也算欢迎，说看球就要人多，有气氛，有感觉。等看完球赛时已是深夜，发现那个拉二胡的家伙早不知去向，我们也懒得理会，千恩万谢后，我们几位那个兴奋劲，走在大街上不时还要模仿古利特射门姿势，其他人便大声欢呼，吹流氓哨，寂静的街头立刻喧闹起来，几个纺织厂下夜班的女工骑着自行车都远远地绕行，真把我们当成街头混混了。

没球赛，我们几个球迷就在学校的土操场上踢球，操场上没有一根草，有的是细沙碎石，腿上蹭的都是伤，可谁也不在乎，模仿球星过人，倒地射门，几个人也打个配合。烈日下，暴雨中，我们那群荷尔蒙过剩的男人就像初生牛犊一样不知疲倦地冲着、跑着。

进入决赛，学校就放暑假了，回到农村老家，周边一切都显得宁静，唯有知了整日聒噪，没人谈论时事，更没人说足球，只有忙碌不停的乡亲和燥热的天气。当我听到世界杯消息的时候，已经是决赛过去好多天了，是邻村一个医生告诉我的，他高考落榜，复读后改学体育，终究没上大学，回家学医。在空河堤上，他遇见我，有点儿激动地谈起足球，惋惜地说德国队淘汰了阿根廷队获得冠军，看表情显然是马拉多纳的粉，我的热情也被慢慢点燃，但总觉得有种隔靴搔痒不痛不快的感觉。

后来，马拉多纳的故事就比较狗血，被查出吸食兴奋剂，停赛，复出，再吸食毒品，之后退役，后来，球王还当过阿根廷队的教练，和球队一起征战一起狂，但建树不大。现在，那位大腹便便的球王就坐在看台上，抽着雪茄，为阿根廷队加油助威，因有出格举动被警告，因过于激动被送进医院，还差点儿送了老命。昔日，球场上，他那不可一世的霸气还剩几何。

外星人罗纳尔多在2011年2月14日退役时说：我输了，不是输给别人，是输给了自己，输给了自己的身体。说这话时，他流下了无奈而伤痛的泪水，那时，他早被甲状腺机能减退症折磨，代谢速度减慢，体型走样变胖而被球迷嘲笑。

想想也是，最后，谁不是输给自己的身体，包括贝利、马拉多纳、古利特、齐达内，也会包括梅西、C罗，更包括我们这些伪球迷们。早年看球不分昼夜，后来看回放，再后来只看决赛，激情在慢慢减退，岁月和风霜也将覆盖住所有的记忆，包括世界杯。

但，绿茵场上逞强斗勇的拼搏精神一如朝阳蓬勃向上，生生不息。

一笔画水墨，一抹徽州色

1

皖南秋景，徽州古韵，对我来说，一直是一片纯粹的色彩，是一个待解的谜团，也是一个期待和梦想。

日前，随县作协组织采风，我带着种种遐想踏上这块神秘的土地。

车子越过长江大桥后，江南丘陵的深秋景色便扑入眼帘。如从空中看，我们的车穿行在画山绣水之中，像鸟儿一般，自由而舒畅。

绩溪仁里村，卧在一处小山岗，依山傍水，是一个典型的徽州古村落，至今还完好地保留了元、明及清代的建筑。走进村里，古城墙、古祠堂、古民居、古码头、古井等随处可见，街巷幽深，交错相通，飞檐鳞瓦，斑驳墙壁，似沉睡千年的老汉，脸上还带着朦胧的醉态。

“万事忍为先”的“忍先堂”充分体现徽商“里仁为美”的经商理念，一个世纪前建房写就的治家格言仍清晰可见。有近一千五百年历史的“百步钦街”，是当时皇帝御赐耿姓的“免征地”，用青砖竖排铺筑，我们走在上面，虽脚步轻轻，依然清脆回声，木门边皱纹满面的老人谈笑自如，似乎未受到任何的惊扰。

从村里走出来到桃花坝的古码头，站在坝上，可远眺龙川，脚底下蜿蜒流过的是龙川的母亲河——登源河。阳光下，对岸的青山倒映在河水里，白云游曳，水色清绿，眼前就是一幅浓郁的水墨画。古码头曾是徽商会集之地，聚财蓄气，千丁万灶，素有“小小绩溪县，大大仁里村”之说，晚清红顶商人胡雪岩儿时就在古巷玩耍，水边嬉戏，可见古码头的当初是何等的繁华。码头石阶从坝顶到河水中，约有二十余级，青石条砌成，虽历经千年风雨磨砺，依然整齐成形，坚固如初。

我们在码头上合影留念，喊声、笑声穿越古今，码头却默默不语，它只承载千年轶事，记住往日的喧闹和荣耀。

2

仁里村不仅有往日的富庶，文化积淀也深厚，历史上浩有派家族经营的文房四宝老作坊已经发掘并原汁原味地展示古法造纸、制作徽墨等工艺流程。本次，我们有幸见识了制作徽墨的现场，漆面黝黑的一方木桌后面，一位老者点燃一古旧油灯，灯罩置其上，用于收集油烟。老者一边演示，一边解说，收集好的烟还要加入麝香、冰片等十余种名贵材料，制作技术复杂，有很多生产工艺和秘诀。制墨有不同流派，每家都有自己的绝技且秘不外传，徽州制墨历史久远，可追溯至唐代末期，它在中国制墨史上占有重要地位。

老者把已成雏形的长条墨块拿出来，截取一段段散给我们，触到墨的肌肤立刻有种沁凉、细腻的感觉，嗅一下，馨香如鼻。老者继续说，此墨软散，还要经过入胶、蒸杵等工艺，制成墨锭，最后成形，坚实耐用，所谓“嗅来馨，坚如玉，一点如漆，万载存真”。

见识了老者的制墨风采和精彩解说，我们立刻猜想应是制墨名家之后，于是，大伙儿忙着与老者合影，沾一点儿墨香古韵。同行的明白多先生现场购得一方徽墨，上车时，说起藏墨心得，欣喜之情，溢于眉梢。

3

车沿登源河向北，来到龙川。龙川就是坑口村，因村前有龙须山，村中有小溪穿越，古称龙川。村内水街两岸，古牌坊、古祠堂、古民居鳞次栉比，粉墙黛瓦，村巷悠悠，一派古徽意蕴。著名的胡氏宗祠就坐落在龙溪北岸的东端，坐北朝南，整个宗祠分门楼、正厅、寝宫三进，一进比一进高。寝宫前有一狭长天井，据说，天井很有讲究，祠堂建造时无窗户对外，采光就靠天井，天井愈大厅堂就愈明亮，预兆宗族兴旺发达。俗话说：“大有名堂，搞什么名堂。”就由此得来。抬头看向天空，狭长天井确实开阔、亮堂。

同行的陈诗人说道，天井还有一用途，即收集雨水，雨水俗称无根之水，图的是敛气聚财。

走进正厅，似乎来到一个木雕的世界，导游介绍，现存木雕共计九十五扇，其中和谐、和美、和顺、和当“四和图”最广为人知。和谐，即荷蟹图，荷花莲叶占据主体，两只栩栩如生、相对挥螯的螃蟹横游在荷叶下的水藻边。另外，芦苇一根，喜鹊一只，无形的风儿掀动莲叶，一幅美丽的荷塘景观图。所雕全是祥瑞之物，均有荣华富贵、福禄喜寿之意，四和图连在一起成为当今和谐社会的象征，意义极大。

离开胡氏宗祠向东，地势明显开阔，登源河北来南流，近在眼前。山与山之间是潺潺流动的河水，连接两岸的木头板凳桥，像极了一位老农，辛苦地在田间劳作，古旧又纯朴。穿红挂绿的美女作家们在桥上留下靓丽的风景，河水清亮，远山如黛，又一幅生动鲜艳的山水田园画。

神奇龙川，地灵人杰，它浓缩了绩溪徽商，尤其是胡氏徽商的辉煌历史。

4

第二日去黟县南屏，相较仁里古村落，南屏的古村落保存得更为完好，古树参天、古桥静卧、古巷纵横。我们自由畅快又肆无忌惮地穿行在旧时达官富商的豪宅间，我们满眼怀疑又嬉笑着触摸着包浆黑厚的旧物件，我们似穿越时空而来的入侵者，在未惊醒主人魂灵之前，便悄然撤退。

我们的车继续驶向皖南深处，窗外，阳光正好，满眼深绿的青山，偶尔看到一两处民居，都是粉墙鳞瓦，高耸的马头墙，它们藏在深山更深处，像待解的谜语又像泥巴墙角存放的老酒，神秘中还散发着幽香。青山脚下，不时闪现出一簇簇金黄色的菊花，一如挂在空中的暖阳，醒目、舒心。

太平湖风景区是本次采风的最后一站，真的要感谢组织者的用心，从原生态村落到现代化建筑，从体味古色古韵到远眺湖光山色，从人文到自然，从逼仄到开阔。栈桥上，留下一张张动人的瞬间，有亲水嬉戏的，有漫步消闲的，有激情互动的，有展翅欲飞的，我们无拘无束，我们澄澈空明，我们快乐逍遥。

5

最后，皖南之行，在车厢文化的欢歌笑语中落下帷幕。

回首来时路，卧在阳光下的古村落，如江南秋色深绿不老；矗立在碧水旁蓝天下的古牌坊，默默地诉说着岁月的沧桑；古朴的宗祠，弥漫着历史的陈香，见证着时事的变迁。一笔画水墨，一抹徽州色，寻梦，在水街古巷最深处。

我与无为高铁站有个约会

一场梦跨越百年，今朝终得梦圆。2015年7月1日，合福铁路客运专线运营通车，无为县即将告别无铁路历史。

这段时间，办公室议论的话题主要集中在高铁上，有多少趟列车停靠无为站，去北京要多长时间多少钱。站在一旁很少插言的我，显得那样不入潮流，因为我从未坐过高铁，高铁于我自然很陌生。

记忆中，我坐过机帆船，那是在二十世纪八十年代后期。我去无城读书，门口有条小河，小河过无为县城后便不知流向何方，早上乘七点的机帆船，中午十一点多才到县城，在近五个小时的行驶中，船上的机器一刻不停地轰鸣，男女同学想说个话都困难，下船走到学校勉强赶上吃午饭。

到九十年代初，第一次去南京打工的时候，我是从芜湖坐火车去的。当时，芜湖火车站非常简陋，火车到站了，远远地就听到咣当咣当的声响，乍听声响还挺新奇和刺激，我和同伴好不容易挤上火车，才发现这趟车是人货混装的。火车逢站必停，大多数人都是短途的。路上颠簸了四个多小时，才来南京中华门站（现在好像拆了），漫长而枯燥的时间，再加上车厢闷热的环境，竟使我胸闷异常，最后被挤在厕所旁边的台子上困倦地睡着了。

到站后被同伴喊醒，一副睡眼惺忪的样子，根本感受不到第一次去大城市的兴奋。

我也乘过动车，2010年上海世博会，全家一道到上海玩了五天。亲戚是位出租车司机，归程时极力劝我坐趟动车，说是体验一下舒适的感觉。傍晚五点半上的车，上车后感觉不错，没有了原先火车的颠簸，也没有咣当的声响，车内很整洁，温度很凉爽，一切显得静悄悄的，女儿欢喜得不行，一路上兴奋地玩着玩具。因为是夏天，出门未穿很多衣服，我在睡梦中老是被冻醒，车内温度出奇的低。

彼时，这趟动车没有提速，来到芜湖火车站已是夜里十一点多了，长时间地坐车，依然感到很疲劳，就连兴奋的女儿也哈欠连天。

地铁也坐过，在上海、南京旅行时，出行主要方式就是地铁，站在站台上，听到地铁呼啸而来，又轰然而去，在城市的地下穿梭，给人的感觉就是快捷。

有时，我很搞笑地想：地铁应该与高铁有关吧？不是一个在地下，一个在地上吗？地下就是地铁，地上不就叫高铁？

这番高论在同事鄙视的眼光中，我羞愧地想到电脑。有问题找百度，上网一查，所谓高铁就是高速铁路的意思，补充介绍说，新建的时速250公里以上，提速改造的时速200公里以上的铁路系统。高速铁路自1997年以来多次提速，至今，最高时速达486.1公里。包括速度在内高铁有很多优势，主要是行车的安全性和坐车的舒适性。

再查无为高铁站相关信息，合福高铁正式开通运营后，每日经停无为站有十四对高速动车组列车，通过无为高铁站可以直达北京、天津、山东、江苏、江西等地，时速在350公里。

从无为乘高铁去北京只需四个多小时。四个多小时在我少年时（二十世纪八十年代）只能从老家到县城，在我青年时（九十年代）是从家乡到江苏省会南京，在我中年时（二十一世纪初）是从家乡到大都市上海。速度在不断提升，去趟北京用时如此之短，令我无比期待，而我竟从未去过首都北京，想起来，又一次遗憾加惭愧。

听朋友说去北京有多种方式，从南京、巢湖、合肥出发都可以，走合肥乘车方式也有多种选择，动车、特快都行，但不管那种方式，都非常耗时。随着无为高铁站的投入运行，无为将迎来她的高铁快时代，走无为去北京或许成为唯一的选择。

7月1日后，无为县将成为周边市县南下北上的重要枢纽，辐射人口达300多万人，也为无为经济插上一个崭新的翅膀。

让无为看到世界，让世界见证无为。作为自豪的无为人，我已做好准备，渴望与无为高铁站来个约会：乘高铁，逛北京。

辑四／教育散记

小议教育奖惩

——读2016年全国卷高考作文

四格漫画，将两名学生分为两组，经过两次考试，第一次得100分的学生脸上有唇印，笑容满面，显然得到了奖励；第二次考了98分，脸上留下的是巴掌印，委屈的神情，一看就是受到了惩罚。第一次和第二次分别考了55分和61分的学生，脸上留下的是巴掌印和唇印，先是惩罚后是奖励。

整个漫画看上去，学生手拿试卷上面的分数赫然醒目，而脸颊上象征奖与惩的唇印和巴掌印更令人深思。

这样的奖惩，看似公正客观，但实际上是误读教育，把教育与分数画等号。

1917年，二十岁的罗家伦参加了北大招生考试，数学是零分，其他各科成绩也都平平，唯独作文满分。如是现在，这样的分数进北大几乎不可能。但时为校长的蔡元培力排众议，以偏怪之才破格录取了罗家伦，后来，罗家伦成为“新文化运动”的旗手，是当代著名的教育家、思想家。类似的例子还有钱锺书、康白情等。如果，眼中只有分数，这些大师们在萌芽前就已消逝在历史的长河中。

相关资料显示，美国的大学招生时不只是单纯地看文化课分数，还要看综合素质，方方面面进行考察。哈佛经常把高分拒之门外，就是不唯分数论。

培养学生基本素质，锻炼学生综合能力是学校教育的主要目标，而这些都是无法用具体的分数去衡量的。如果教育只剩下苍白的分数，那是对教育的亵渎，也是教育的悲哀。

这样的奖惩，对照鲜明，讽刺的是部分家长教育方法的简单粗暴。

国家一直提倡加强素质教育，但在实际教育教学中，受各种因素的影响，应试教育依然大行其道，家长追求高分的动力依然强劲，考不到高分就棍棒伺候。

前几年出现了虎妈和狼爸，他们在各大卫视现身说法，“十大禁止家规”“每天挨顿骂，孩子上北大”等成为一时流行的标签，这种苛刻甚至粗暴的教育被更多家长效仿。实际上，我们看到的只是成功的个案，看不到的是按照相同方式培养的并不成功的孩子，这反而是大多数。专家明确告诫，虎妈和狼爸之类的方法，并不具备指导和推广意义。

其实，打骂、体罚等简单粗暴的方法，不可能达到教育的目的，往往还事与愿违，酿成恶果。

从漫画中，我们也看到了一个亮点，部分家长的教育方式发生了转变，体现了教育者的智慧。

学生由55分上升到61分，进步并不大，但得到了奖励，在这样的鼓励下，相信孩子将会不断努力不断进步。

纵观历史，很多伟人小时候并不都成绩优异、聪明绝顶。爱迪生小时候被老师称为“低能儿”并撵出校门，由于父母的不放弃加上自己的不断努力，最后成为“发明大王”。北宋文学家王安石笔下的方仲永则是神童，长大后却“泯然众人矣”。

这些生动的例子告诫我们：家长的正确引导，孩子的持续努力至关重要。

教育被称为灵魂工程，不开发则是“野蛮”“洪荒”，也不能剑走偏锋、泯灭人性地开发。我想：只有在教育的土壤里加入爱和智慧这两种养料，教育之树才会绿意交融，蓬勃发展。

贺　　卡

清晨，踏着朝露来到学校。传达室老王很远便向我招手，走进一看，他手中拿着一张贺卡说：“鲁老师，你的。”我伸手一接，心头便一颤，新春又快到了，不知不觉一年又要过去了。

做老师时间长了，每逢春节，总能收到几张贺卡，那是在外工作的学生寄来的新年祝贺，每每此时就有一股暖流涌上心头，教师或许就是这样，付出很多，也得到不少回报和慰藉。读着卡上的只言片语，学生的一颦一笑便历历在目，想到他们现在外出打拼，心中便有一点儿祝愿、一丝期盼。

经济大潮冲击着各行各业，拎几瓶高档酒、数条好香烟求人办事，颇懂掌故的人说那不是送礼，为了加官扬名，三千、五千、数万元甚至几十万、几百万的人民币打入别人的账号，那才叫送礼。人与人之间的情感确实很铁、很厚，厚得像那一沓沓的钞票。而师生的情感却如此纯洁，就似出淤泥而不染的荷花，就像眼前这一张贺卡。

然而，那张小小贺卡凝结的东西又何止几句祝贺语！

这个上午，心情很灿烂，原先要狠批同学也变成耐心教导，在这难以让人感动的生活中，那张贺卡温暖着办公室里的老师，温暖着这个寒冷的冬季。

放学回家，立刻便和妻聊到此事（妻也是一位老师，沟通障碍不大），眉飞色舞之间流露出的尽是满足。打开书橱，掏出一试卷袋，那里存放着多年集下的贺卡，有近百张了，一掀开袋口，就听到一阵音乐声：祝你生日快乐，祝你生日快乐……循声拿出，我似乎看到一个胖乎乎的笑脸，那是1997届的谢启扬同学，我生日时他送我一张音乐贺卡，十年了，电池还未用完，动一下便听到这清新的乐曲。

谢其扬同学在校成绩不算突出，但他很诚实、能吃苦、乐于帮助人。毕业后到南京图书馆打工，随后做图书生意，来信中谈到境况还不错。一次，他在县城搞图书展销，送我几本书，至今保存，此后便无消息。

啪，一张贺卡掉在地上，思路立刻收回，那是一张很特殊的贺卡，塑封起来的两片红叶像两团火焰炫然夺目，想起来了，那是2002届的蒋丽同学。她考上了北京邮电大学，一次到香山游玩时，亲手摘了两片红叶请师傅塑封好加上贺词：红叶寄思念，师恩永难忘。

翻着一张张精致的贺卡，读着一行行烫人的话语，容易激动的我，心头涌起的竟是热浪。

小小的贺卡，似一只白鸽，衔来的是远方深情的祝福。

小小的贺卡，似一条彩虹，凝结着是师生真挚的情谊。

小小的贺卡，又似长鸣的警笛，提醒老师要不断去耕耘、努力去创新。

叫停作业签字不应一刀切

浙江一小学叫停家长作业签字，叫好声、反对声、质疑声此起彼伏。小小的作业本，折射的是家校合作的大问题，值得深入思考。

近些年，随着“家校共作业”理念的推广，借助网络交流平台，学校和家庭之间的联结越发紧密、互动日趋频繁，这对学生特别是小学低年级学生的成长是好事。在小学低年级的班上总有那么几个孩子无法自觉自愿完成作业，似乎“永远无法完成作业”，“今日复明日”越积越多，这在学习刚起步的阶段，也属于常有的现象，但教师却不能不闻不问，这个时候就需要家长参与进来，共同对孩子的学习习惯“扶一把”，在作业、练习卷上签字加强监管，将孩子在作业完成过程中的信息反馈给老师，这样，对少数“老油条”的孩子具有一定的“威慑力”，并有效地鞭策孩子努力学习。

当然，有的家长越俎代庖，把对作业的检查、纠错、评价一并完成，导致家长签字变了味，变知晓了解成代劳和负责。

在“家校共作业”理念的倡导下，有学校出现了一些“走偏”现象，在要求家长签字的同时夹带了“私货”。“什么听写单词、默写古诗、检查批改作业等全交给家长。家长每天要工作，回来了还要辅导孩子做作业到很晚，而老师就负责在群里分配任务，天天如此。”诚然，学校教育与家庭教育不可分割，但分工却不同。学校教育重在课堂教学，老师对提高课堂质量、提升课堂效率责无旁贷。比如作业以及辅导这些工作，确实应该由学生和老师来共同完成，不能让家长来承担原本老师负责的部分责任。而课堂之外，家长应在非学科的领域扮演好自己的角色，加强亲子互动，锻炼孩子耐心，鼓励独立自主等，培养孩子健全的人格和综合素质。

随着学生从低年级升入高年级，学生独立自主完成作业的习惯如逐渐养成，学校就应适时调整，直至取消家长签字，这就是公约上说的“认真完成作业，是每一位同学的基本职责”。彼时，其父母同样要习惯于“该放手时就放手”，给孩子一方书桌，给孩子一份安静，让他成为作业的主人，更重要的是，让孩子学会自主学习，学会安排快乐。

父母是孩子最亲近的“老师”，在孩子的习惯养成、学业完成中理应担负督促之责，如包办代替则有害无益。学校教育具有职业性、专业性、阶梯性等特点，家长花费再多心思和精力，都无法替代。对于孩子的成长来说，家庭和学校就像一个人的手和脚，两者协同服务于一个躯体，但若将两者作用混为一谈，难免会让人由直立行走退化至爬行。

小小的作业本是学校和家庭、教师与家长之间良性互动、协调共进的纽带，叫不叫停作业签字，因学生因学校，不应一刀切。

家住山中

岁月像流淌在枕边的一条河，哗哗的不舍昼夜，转眼，教师节又快到了，我的心里充满着对一位老师的怀念，他就是陶宏图老师，是我读师范时的一位美术老师。

陶老师教了我师范三年的美术。陶老师个子不高但很儒雅。记得1988年他到无为师范学校实习时，比我们年长不了几岁，那么腼腆，上课都有点儿紧张呢！陶老师脸上挂着亲切的微笑，步伐很大地走进教室，把自己的得意之作挂在黑板上，让我们临摹，他则精心地进行个别辅导。

刚开始的素描我学得很认真，还参加了美术兴趣小组，临摹一段时间后开始画石膏像，后来小组成员轮流当模特，陶老师经常到画室现场指点和辅导。随着美术学习的深入，我对绘画兴趣越来越浓，总是好奇那寥寥几笔就成山成水成花成鸟，时常站在画前让思绪飞扬，享受那纯净山水的完美境界。

后来学水彩和油画时，我便发愁了，彼时，师范读书补助伙食费，但对男生来说往往不够，家里还需补贴一点儿，我每个月补贴五元，那是母亲卖鸡蛋凑的，如果那个月母鸡不够努力，我就只能拿到三元、四元。连伙食费都难以保障，我又怎能买得起那昂贵的画笔、颜料和纸张，平时的水彩作业只能东借西凑去完成，根本谈不上质量了。

陶老师检查我的作业时，满脸疑惑地看向我，我便回避他的眼神。“你不是很喜欢画画吗？”一次，他拿着我不堪的水彩作业问。

“我、我对写作兴趣更大些。”我胡乱地回答，眼睛看向别处。陶老师没说什么，脸上露出无奈的笑。我的内心却翻江倒海，谢谢你，陶老师！您的辅导和期盼只能铭记在心。

师范三年里，班上几位美术爱好者一直跟在陶老师的身边，陶老师总是耐心辅导，不厌其烦。好几位后来都成就不菲。

毕业时已和陶老师相处多年、混得熟了，有天闲谈时想向陶老师要一幅画，没曾想陶老师爽快答应，陶老师国画尤其山水画造诣很高，这让我激动多日。

取画时豪情冲天地买了一个十元钱的水晶礼品，陶老师推脱着，脸上露出亲切的笑容。陶老师的父亲是一位有名的裱画师，陶家是书画诗情，泼墨飘香。我原先的两幅字连同陶老师相赠那幅画总收裱费二十元，市场至少五十元，陶老师依然笑着说，家父的手艺，收点儿成本，毕竟师生感情深嘛！

毕业后，我到乡村教书，磕磕绊绊地换了三个单位，师范学校也几经变革，转轨为无为县教师进修学校，内设实验初中，这样，我与老师的联系渐渐少了。2006年暑假，妻参加了在进修学校举行的远程培训。家离无为县城较远，大热天又不愿住旅社，连续跑了数天，疲惫加辛苦，妻便开始懈怠，在家老念叨班主任特认真，点名还要签字，请假都不行，在我得知他姓陶随口说可能是我老师时，妻便软硬兼施要我陪她去请假。

拒绝几乎不可能。第二天，当我们来到进修学校二楼办公室门口时，一眼便看见陶老师那瘦小的身影，陶老师正在整理课本、分发二期教材，早晨感觉不太热，办公室的电风扇也开着，而他却满面灰尘、挥汗如雨。我们便在外面等，好一会，终于进去见到陶老师，他依然是亲切的笑容，敬香烟他便抽（记忆中陶老师是不抽香烟的），当我们说明来意时，他立刻严肃地说，培训应自始至终，不能无故请假，好像又回到当年的课堂上。妻猛使眼色，我就硬着头皮编造理由，陶老师毕竟还念着刚毕业就教我们的那种兄弟般的师生情感，准假一天，还特意记上姓名日期。临走时我负罪般地紧握着陶老师的手。

陶老师就是这样一位认真、憨厚又重感情的人，但谁曾想，这竟是我们师生的最后一面。

最早看到的是同学写的悼念文章《陶哥，你在天堂还好吗》，看完后简直不敢相信自己的眼睛，老师您还年轻，怎么会……后来，在班主任那里得到准确消息，陶老师是2008年2月去世的。

陶老师赠给我的那幅画就挂在书房的墙壁上，陶老师亲笔题写：家住山中赠求平同学存玩。那是一长幅山水画，五只晚归的鸭子在水中凫游，栩栩如生，崇山峻岭中掩映着几户人家，意境幽远。

斯人已去，音容宛在。陶老师您在天堂还好吗？如不好就住进山中吧，那儿有春花秋月流水人家，那儿有您钟爱的山水绘画，那儿有您学生期盼的眼神！

等　待

又是一年高考分数揭晓的时候，接下来便是那短暂而又似乎漫长的等待。坐在家中，看着从城里陆续回到乡下的考生，忽而忆起2000年高考揭榜时，我村鲁胜同学接到清华大学通知书的情景。

那天，天快黑了，辛苦一天的乡亲们拖着疲惫的身体“带月荷锄归”了。有的在吃晚饭，实在是太饿了；有的一个猛子扎进河里，就再也不想上来了。那劳累就随着河水荡漾开去——微风细细、杨柳轻拂——突然，一阵尖锐的爆竹声划破静静的夜空，立刻有人说这是鲁胜家的，大伙儿便不约而同地向他家走去，有端碗的，有牵着小孩的。大家都知道，鲁胜今天早晨到县城去拿通知书，想必是带着通知书回来了。

我也向鲁胜家走去，远远看去，他家里已聚集了很多人，祝贺声、笑声交织在一起。鲁胜的爸爸在给大伙儿敬烟，双手因激动有点儿颤抖，几次将烟掉在地上。妇人小孩们便吵着要吃喜糖，鲁胜妈妈一边抱怨说，该的该的，早买了，搞忘了，一边去里屋拿，一晃出来了，手中一大袋，每人一把，妇人小孩那个笑啊，连那悬挂在堂屋中央的灯泡也快乐地摇晃起来。

清华园封面的通知书早已被大伙儿传来传去，未必认识字，但似乎摸一下也觉得沾了喜气，看到我进来，眼尖的姑奶奶慌着把通知书抢着递给我说："还是叫这位大学生念念吧。"姑奶奶习惯把岁数大的吃公家饭的人都叫大学生。我便读了起来。"大点儿声，大点儿！"我刚念，大伙儿便觉得声音小了，我立马想到生产队开会队长讲话的情景，于是丢掉矜持，像是回到小学课堂，朗声吼着：清华园发出的致学生家长的一封信——真是水木清华，厚德载物，连一封信都写得情真意切，感人至深。

鲁胜静静地坐在一边，农村那特有的昏黄的灯光照着他那张带着微笑的脸，他似乎正在品尝胜利的喜悦，也似乎是决战后做短暂的小憩。十一点多了，大伙儿才带着啧啧的赞叹声，慢慢散去。

接下来几天，鲁胜家很忙，中学就读的学校以及当地政府也前来祝贺，县电视台采访报道，鲁胜说了一番朴素、感人的话，电视上依然是那旧旧的衬衫，瘦削而略带微笑的脸。全村人却因此顿感扬眉吐气，走路都昂首挺胸，似乎鲁胜家的荣耀就是他们自己家的荣光。

宴客那天，十桌酒席从后门排到河堤，就连素无往来的旁姓也前来道贺，整个村子洋溢着浓浓的喜气。

多年来，鲁胜每逢长假便从北京回家，他身边总是围着一些本村、别村的学生，有高中生、初中生，甚至有小学生，鲁胜像老师一样向他们讲述清华园里的故事，介绍北京的所见所闻，孩子们眼里露出的全是好奇、向往。

今年暑假又将开始，鲁胜已走上工作岗位了，估计没有时间了。昨天回家有事，问及此事，鲁胜爸爸说，他有半年没有回家了，可能要请几天假回来看看。孩子们早在那儿翘首等待。

家长，你希望孩子在学校拿什么奖

多年前，求学期间几乎未领过奖，偶尔拿到个红本本，也是在非竞争性的学校，不是成绩分数的位次奖，而是优干优团之类，评选标准含糊，衡量的尺度不一，换句话说就是只要是未犯严重错误的班干和团员都有可能享受，拿到的奖项对学生对家长都有种含金量不足的感觉。

现在，义务阶段的学校评奖种类随时代进步、教育的改革发生了很大变化。学习成绩好的被评为“学习之星”“学习标兵”，艺术特长评为“艺术之星”（小画家、小歌星等）。谁都不怀疑这种方式在幼儿园大受欢迎，条件好的小学如镇级以上也比较盛行，平时，学校注重能力培养，开展多种活动，评奖就自然体现素质教育的精神。

而初高中阶段，不少学校评奖种类几十年来几乎未变，有：三好学生、优团、优干等，另不可不加的就是分数的前三名或前十名。“三好”指什么，不少学生答不出来，就连发奖的老师有时也解释不清，说不清没关系，只要知道评奖标准必须要有优秀的成绩否则免谈就行了，家长关心的也不是“三好”“优”之类的，甚至在孩子面前也不屑地说，优团优干有啥用，没成绩照样白搭。

确实也只有省级以上的评奖才在中考中享受加分。市级以下的只是荣誉，综合评价时也未必作为依据，那些有望升省市重点的学生无一例外都是良等以上。

作为教师都比较清楚，学生来到学校学习文化知识，提高成绩至关重要，但却不是学校教育的全部，培养学生基本素质（包括思想道德素质、身体心理素质、劳动技能素质等），锻炼学生综合能力（包括生存能力、竞争能力、创新能力等）应是学校教育的主要目标。只可惜，由于主客观因素的制约，主要目标变成空谈目标，学生成为机器，一台容纳书本知识，既能考试又能得高分的机器。

日前，中国教育学会原会长顾明远在重庆一个基础教育学术会上呼吁：停止评选“三好学生”，因为这样会“过早给孩子贴上好学生与坏学生的标签”。信海光先生说优干取消的理由更充足，我认为优团也一样，这些传统的表彰方式早就受到质疑，却一直有市场，而新添的名次奖更是对教育的亵渎、对学生的误导。

今天，学校举行校会又称颁奖大会，女儿获得年级前十名，年级500多人，前十也不容易，女儿激动得脸都红了，第一次动用家庭教育基金买了一瓶奶茶，凯旋战士似的，边喝边大步向家走来。

见此情景，有感而发，记下上面一段文字。

教育均衡发展应落到实处

昨天上课时，说到童话文学，例子自然举到《格林童话》和《安徒生童话》，同学们热情很高，都说看过，话题拓展到我国作家曹文轩——刚刚获得国际安徒生奖。“谁看过曹文轩的儿童文学作品？”放眼望去，举手者寥寥，四十八名学生只有三名学生举手，问起，说看过《草房子》。前面几位在交头接耳地议论，曹文轩是谁？显然没听说过。我说：“曹文轩是北大教授，他获得的这个奖，可以说是儿童文学里的诺贝尔奖，他是站在世界之巅的。”

课堂上大部分学生只是茫然地听着，而我们班级的旁边就是学校图书室，一百多平方米的面积，里面整排的书架上放满了各类图书，有一万八千多册，生均二十五册。上级领导说，缺多少补多少，钱不是问题。图书室里靠前面的一处狭小的走廊里，摆放着一台电脑、一张椅子，是供图书管理员办公使用。管理员是教师兼的，从不在那儿办公，只有上级均衡县验收检查时，管理员才打开图书室大门，站在门口，严阵以待。领导来了，看到书架上整齐的图书，很是高兴，“图书是够了，不错，不错”。领导提出要提高借阅率，切实让学生受益。管理员早有准备，打开电脑，上面显示着学生借阅记录，满满当当的，很是密集。领导看着架子上整齐划一的图书，满脸狐疑，但也就点头示意：“很好，很好。”

这一天，不只是图书室，学校其他功能室，诸如美术室、音乐室、理化生实验室等，管理员们都守在门口，严阵以待。领导们一一走过，像逛庙会一般，不时用手摸摸功能室里面的桌子，看上面是不是有灰尘，不时地提出一些具体要求，缺什么补什么，不用考虑钱，要发挥功能室的作用。

近年来，为迎接国检，政府对学校投入很大，各种基础设施建设齐全，配套齐整。但这些设施有多大程度真正服务到学生头上呢？图书室里是学生被借阅，理化生实验室里是学生被实验，美术室里是学生被画画等等。笔者为迎国检准备材料也参观学习了很多学校，大致如此。如果迎国检验收结束后，这些功能室未来的命运又是如何？我能想象，不外乎是灰头土脸，弃之如草芥。

最近，省教育厅出台政策，省示范高中的指标到校生不设最低控制线，这引起广大家长的极大关注。芜湖市的不少市民向教育主管部门提出请愿书。请愿书中肯定了政策出台对促进教育均衡发展的积极意义，但也提出了作为家长提前三年的知情权以及教育改革的渐进性和公平性。

委实，教育改革首先得益的应该是学生和家长，落到实处的也应该是学生素质的全面发展。提出教育均衡发展是一个口号，我们出了政策文件，把口号记下来、发下去，口号还是口号。教育均衡发展也是一个方向一个目标，重点是怎样把方向和目标变成教育发展的路线图，一步一步地实施下去，并确保发展的红利真正落实到老百姓的头上。

颇不宁静的一天

今天，女儿参加新学期第一次月考。

早上起床，天阴阴的，我去了一趟卫生间，感觉头有点儿疼，又一头钻到床上去了，想睡个回头觉。看到妻起床去做早餐，突然，想到女儿的月考，躺在床上挣扎了几下，便翻身坐起，心想：做个样子带个头，算是对女儿无声的激励吧。

走进厨房，拿起水壶烧水，顺便倒了一杯昨晚剩的开水，仰头一口灌下。这个早起大口猛喝水的习惯已有几年了，不知从哪本书看到的，喝水有讲究，喝法就有很多种，小口细抿，水在胃部停留时间长，利尿。大口猛喝，水迅速冲过胃肠，利便。早上需要清洗肠胃，就选择大口喝水。

女儿房门是关的。我看了一眼闹钟，六点半，平时这个时间点，妻总是习惯轻轻地打开女儿的房门，不想大声喊，只是轻声地提醒一下。

一会儿，女儿就会勉强地爬起来，然后迅雷般冲进卫生间，刷牙、吃早餐、收拾书包，如风卷残云。此刻，我正准备去推门提醒时，门竟悄悄地开了，女儿从里面衣着整齐地走了出来，这让我们有点儿讶异。看一下女儿脸色，有点儿疲惫和憔悴，显然昨晚没有睡好，醒得早，起来有一段时间了，不像平时，喊都喊不醒。

妻马上将准备好的早点和面条端到桌子上。女儿从卫生间出来，还像不清醒，眉头锁着，挑了几下面条，显然没啥食欲，早点也没有动。我们极力鼓动她吃点儿，两场考试要到十一点半，到时候咋有力气去应考。女儿似乎也知道，就吃了几口糕点当早餐，匆忙下楼，考试时间是七点，路上需要五分钟。

看着女儿的瘦削的背影，我们立刻意识到女儿心态的变化，考试惹的祸，考前心理紧张导致睡眠不足。这个问题女儿好像一直没有处理好，看上去轻松，可内心在翻江倒海，过多地考虑结果，放大了失败的情绪，典型的考前综合征。想起班主任老师说的话，心态要调整好，女儿成绩应有较大的上升的空间。

看来，这方面的课题还需要研究。

吃过早饭，来到窗边，不知啥时候，太阳光直射下来，照在沙发上，给这个冷冷的早晨带来一股暖意。这是一个钓鱼的好天气，我暗自想着，秋高气爽，暖阳高照，拎着钓具，骑着车，行驶在乡村公路上，在一塘口朝阳的地方，抽根把烟，钓半天鱼，手机关掉，小眼眯着，那多么惬意。

可今天，怎么也提不起兴致，虽然心早已飞向远方。不想让女儿误解，对她不够关心，在她考试的时间我竟外出玩耍，鱼可以下个星期钓，机会还多；也不想让她独自面对学习的压力，她的背后应有我们的支持，即使知识上已无法辅导和点拨。还有，家里有很多家务活要做，钓鱼的瘾也只好放放了。

中午，女儿回家时，面无表情，对于考试情况，在考试期间，我们向来不过问，要问也需等到考试结束。家里打开的电脑里正播放《好声音》小组终极赛，女儿来了兴趣，立马奔了过去，包括中饭都在《好声音》里完成的。饭后，女儿进房休息了，我收拾好碗筷也走进房间，准备午睡。妻没午睡的习惯，在堂屋里扫地、擦鞋，搞得声响有点儿大。这时，我想到学校陪读公寓楼里，据说在平时午睡和晚自修时间，为不影响孩子休息和学习，谁都不许大声说话，连放自来水的声音都要控制小。传说有大嗓门的家长憋得够呛，三两成群跑到超市里发泄话瘾。想到这儿，我顿感很烦，觉得这声响影响了女儿的休息，就提醒了一下。

原先对陪读家长们的做法，觉得好笑，不可思议。现在，才真正感觉不是妄传，实际上自己可以放轻松，只是，子女的各种表现自然把你带进紧张加小心的境地。

起床后，女儿已上学去了。我上街办事，事办得顺利，走出联想营业大厅，阳光正暖暖地洒在对面楼上，在街上逛逛吧，心中想着。路过学校大门时，习惯地看下时间，三点半，立马想到女儿已进入考试状态，肯定在紧张地书写，不知道是否题目难以越过。

四点多，我在一超市门口遇到一位老同学。老同学驾车赴宴，甚是洒脱。我几乎没有推脱就应允相随，因为东家也是老朋友，过多的推辞就虚了。有时，人老是压抑着潜意识里就想找个场合轻松一下的想法。

晚上七点多回家，女儿已在房间复习，中途，“打扰”一次。想想这一天，本是极普通的一天，普通的转瞬即逝，掉进风尘烟火中也寻不见，却因为月考之事变得不寻常，人也是显得颇不宁静。

十点后，依然没睡意，于酒意微醺中敲下以上心情文字。

一颗黑痣

傍晚时分，我来到城南公园散心，或许是大雪刚停，或许是晚饭时间，白茫茫的路上只有零星的几串小脚印，一只褐色的鸟从一棵小树上飞起，扑棱着翅膀，插入远处一片水杉林里。

在湖边的一处空地上，我看到小脚印的主人，她们带着小铲子正在堆雪人，大的十几岁的样子像姐，小的估计只有六七岁像弟，两个雪人的身架支起来了，高高的。银铃般的笑声不时传出，在洁白而空旷的雪地里飘得很远。

我走向湖的另一边，那儿有个亭子——怡心亭。走进亭里，我跺了几脚雪，找个干净的椅子坐下，摸出相机来了几张雪景。突然，想起在外地读书的女儿，小时候，下雪天，和她爸到棉花地里逮兔子，甭提多开心了。

我绕湖转了一圈，赏雪的人三三两两的，多了，远远地看到姐弟还在忙碌，似乎在做一件艺术品，靠近时，听到弟弟瘫坐在地上抽泣。

“怎么啊，小朋友。”我蹲了下来。姐姐弯着腰，屁股对着我，转回头，没出声，脸上挂有泪珠。弟弟抽泣声时断时续。在他俩前面，两个巨大的雪人模样清晰，有鼻子有眼睛。

“这堆的是谁啊？”想起女儿小时候也喜欢玩雪，我继续问。

“妈妈脸上明明就有一颗黑痣。”弟弟依然很伤心，瓮声瓮气地说，“这哪像啊？”

“黑痣用什么东西贴！你说。”姐姐质问，“就白白的，多好看。”

“爸爸妈妈呢？”

“她们在北方打工，下这么大的雪，说不回家过年了。”姐姐看着茫茫的湖水悠悠地说，“阿弟想他们，就来堆雪人……”

原来，爸妈在家时，经常带他们来公园玩。他们决定照着记忆中的样子，堆爸爸妈妈。我拿起手机，拍了一下，连同两座差不多已完工的爸爸妈妈。

由《风筝的心》想到的

最近，看过一篇文章叫《风筝的心》，作者写到现在的城市里很少看到天上的风筝了，从而回忆起自己儿时野外放风筝的快乐时光，用风筝的心比喻对自由快乐时光的向往。文章还分析看不到风筝的原因除了城市的空间变窄、大人们没有闲情逸致外，最主要的是孩子们负担过重没有时间。

读完让人掩卷深思，“70后”像我，儿时谈不上富足，但绝不缺少时间和快乐，那广阔的原野就是我们自由驰骋的天地，钓鱼摸虾，放牛拾粪，夏天游泳，冬天捕鸟等等，每项活动都可以写成一篇好文章，而字里行间流淌的就是甜蜜的快乐。可现在的孩子，业余时间基本都被各种培训所挤占，怎么能找寻到那颗翱翔蓝天的风筝的心。

想起上半年，莫言在两会上就教育问题提交议案，建议将中小学十二学制改为十年，理由是减少国家基础教育的付出，减轻学生的负担，为高等教育博得更大的成长空间。在这个教育屡遭诟病的年代，作为政协委员的莫言给教育建言献策按说也无可厚非。

可就有一些人看不惯，前不久，二十一世纪教育研讨会在京召开“基础教育学制改革研讨会”，与会专家们的意见出奇的一致：中国基础教育学制十年是国际惯例，与国际接轨，莫言不懂教育无知无畏。事隔数月对莫言打脸。

本人一直从事基础教育，对初高中教学情况较为熟悉，中考前的复习一般是三到四个月，几乎是各校的惯例，而高考前的复习时间则是一年，新课在高二时就已经结束，高三就是用来强化复习的。如果称高一高二是NBA的常规赛、季后赛，那么高三就是总决赛，强对抗、高压力，如淬火一般。

如减掉这一年，学生新课结束后，稍加复习便迎接高考，学生的负担无疑会减轻。其实类似提案政协委员杨占秋也提过，况且，高中两年制在二十世纪七八十年代也实行过，从这个角度看，莫言的提案并不是凭空设想，毫无根据。我们喊教育改革，难道这不就是一种改革尝试吗？总比整天出台政策大喊减负结果收效甚微好得多。

不久前，著有《做一个会偷懒的班主任》一书、全国知名班主任郑学志为教育把脉问诊，给新任教育部长陈宝生提出十三条建议。私自认为，这十三条建议符合实际，也很接地气，其中一条就是关于缩减基础教育学制的，此观点与莫言不谋而合。

试想，现在的孩子为什么没有了那颗“风筝的心”？五年级就辍学的莫言获得诺贝尔奖是因为接受较少的中国教育吗？莫言获奖让中国基础教育哑口无言还是酸酸不平？这确实需要叩问一下当前的基础教育，叩问一下高高在上的各路教育专家们，同样，也值得我们每一个从事教育特别是基础教育的工作者深思。

我怕失去一名学生

最近遇到一桩烦心事。

那是今年春季的一个早晨，我在塘边钓鱼，气温有点儿低，雾气还没有散尽，芦苇叶子挂着露水在晨风中摇晃，塘里的小鱼很活跃，像箭般在水里直冲，不时激起层层涟漪。我正钓得欢快，手机铃声响起，一看是我的学生，这么早来电，不会有什么急事吧，我暗自猜测。

这位学生是十几年前我教的初中毕业生，大学毕业后，考上镇公务员，现就职某乡镇企业办。

接通电话后，学生支支吾吾，好像有难言之隐。我一手拿着手机，一手撑着钓竿，水中的浮子被小鱼戏弄得直上直下。我说："你有什么事，就直说。"学生似乎受到我的鼓励，说话利索多了，原来是借钱。我立马想到九月份新房拿钥匙，有点儿犹豫。

学生很快提到了借钱的理由，遇到困难，急需用钱。我突然有一种莫名其妙的烦恼涌上心头。在初中，他可以说是我的得意学生，聪明、活泼。虽上班多年，却与我很少有交集，开口向老师借钱，于理不太合适，于情也可谅解，家底子薄，救急。

想至此，我便答应下午再联系。一万元对我来说问题不大，卡里已经存了六万，准备九月份装潢用。

中午，我刚吃过饭，学生的电话就来了，看来真的很急。去银行持卡取钱时，学生竟写好了一个借条。我忙推脱，师生之间不会连这点儿信任都没有。

学生很成熟地说："感谢老师援手，走个形式而已，两月后，定当奉还。"

我为学生的真诚而感动，爽气地说："不用那么急，九月前还我就行了。"

眨眼，九月到了，学生一点儿消息都没有，房子钥匙拿到手了，装潢也已经开始了。妻子在家念叨学生的一万元钱，也该还了。

我也觉得奇怪，说好九月前还的，咋没钱也没消息呢？那天上午，我拨打了学生的手机，美女回音：你拨打的电话已设置来电提醒业务。晚上再拨，依然如故。我便发了一个短信暗示了一下。几天过去了，不见回音，好像这个学生人间蒸发了一般。

妻子开始不满，这不会是第二个王军吧。说起王军，我想起那个瘦高个儿的男生。十六年前，王军读初二，父亲去世，独子的他与母亲相依为命，为父治病，负债累累。彼时，没有实行义务教育政策，每学期三百多元的学费，都是由担任班主任的我出具借条，然后在工资中扣除。学校有个不成文的规定，每位教师可以担保五到六名学生的学杂费，以确保家庭困难的学生按时入学。

当时教师工资不高，我每月是四百元多点儿，五到六名学生的学杂费差不多是一名教师半年的工资。一般情况下，家长在开学后的一两个月就会将学费付给教师。教师们开玩笑地说：“就是一担棉花的价钱。”棉产区农民主要收入就靠棉花。

初三下学期，王军迟迟没有将学费带给我。期中考试后的一个星期天，我去了他家。他母亲一把眼泪一把鼻涕地诉说着生活的艰难，我陪着难过了很久，简直忘记了来意。

就这样，十六年过去了，关于王军的消息我很少听到。据说王军高中毕业后外出上海打工，成家养子，干得不错。

今年春节，当我把这个事情说给女儿听后，上大学的女儿很是不平。几番周折要到王军的电话，女儿直接与其联系，王军便将十六年前的三百二十元学费打到女儿卡里，女儿高兴了很长一段时间。至此，这桩旧事了结了。

想到这里，我对妻子笑着说：“不会吧，再过十六年，我都快退休了。”隔段时间再看看吧。可心里却打起拨浪鼓。十月份开始了，依然没有学生的消息。

曾在网上看到一则新闻，老教授将学生告上法庭，原因是大学毕业多年的学生欠教授三千元钱，久拖不还。

“我并不差这三千元钱，只是我无法忍受我的学生品行上出问题。”老教授的一番话令人警醒。

有时候，借钱、讨钱确实很烦恼，甚至还伤及感情，不管是真诚的友情，还是纯洁如师生情。有位智者说过，每次把钱借出去，就担心失去一位朋友。我也有类似的担心，担心失去一名学生。

补课大战何时休

随着暑假的到来，补课风潮再掀波澜，为了打好补课这一仗，教师、准教师（将要参加应聘教师考试）和非教师（非教师专业），早在数月前便挖空心思绞尽脑汁想点子找办法，大体是按照如下战略战术进行。

首先，宣传战。有多种方式，张贴广告，在人们聚散较多的地方如：菜市场、小店、学校大后门。内容或夸张虚构补课的好处或真诚地苦口婆心地劝基础较差的同学补课或理论加实践地自吹自擂一番，或兼而有之。让人如蒙雾水，给人感觉深不可测。

非教师的往往要贴上标签，“211”师大，科大、浙大，尽量选择好的大学。插个片段场景：我校门口，一位自诩浙大的学生将“211”师大学生的广告随手一撕，便将自己的广告贴上，贴好后一眼看到旁边安师大学生贴的广告便很不屑地说：安师大的有什么脸面在这里招学生。这位安师大的学生家住学校附近，父亲去年病故，母亲靠卖小吃支撑家庭，恰好就在旁边，满心委屈，一言不发。

也有部分补者模仿楼市开盘法，在马路旁边散发“传单”，人手一份，就怕你心不动。更有甚者开着宣传车满大街奔跑喇叭里反复播放补课内容。

音乐、美术更是不用说了。

文科教师实在是坐不住看不下去了，终于跃身而起，“作文魔鬼训练法”“考场作文满分法”“短期速成法”喷涌而出。

当然，这些宣传手段是几年前的了，现在，教育主管部门狠抓师德师风建设，视补课为违反师德行为，一经查实即严惩，但补者依然心存侥幸，宣传方法已走向地下，一到暑假和周末，暗潮汹涌。

其次是拉生战。完全靠广告，“传单”收效甚微，请班主任在班上打招呼，承诺回扣；叫亲戚四处打听。

也有补课高手招数奇绝：如2007年楼市捂盘惜售一样，普通百姓去打听肯定是没房源了，其实一套也没卖，去电话咨询准是今年不补课，或者是招满不收了，必须让你找熟人，托关系，闹腾一圈后他才勉强接受你，既防着上面怕刁民举报，又能抬高身价。

最后是教学“忽悠”战。补课对象理应是那些基础较差的学生，实际由于利益驱使，大部分教师往往选择基础较好的学生进行培优，最终即使优没培好也不会差到哪里，扫不了自己的颜面丢不了自己的饭碗。课堂上留一手，例题少讲几个，统统放在补课学生中，看忽悠你不死。

补课既称补，理应是复习巩固再提高，大凡有责任的教师都明白，复习是非常辛苦的，它需要科学计划合理操作，需要争分夺秒审时度势，需要充分分析学生的心理，及时总结阶段得失，可以说复习特别是中高考复习就是一场没有硝烟的战争。它是心理战、科技战、信息战而非题海战、疲劳战、高压战。复习好能化腐朽为神奇，能使学生知识、心理、生活习惯等多方面的素质得到提高。而大部分补者都选择上新课来忽悠学生，而准老师们即使复习也仅凭自身经验盲目操作结果学生在补课中收获寥寥。

这样的补课何时才能停止！

辑五／成长况味

奔跑如风

早年在县城读师范，体育是必修课，异常重视。开学第一天清晨，便起床跑步，涩涩的怯怯的，一看就知道是刚入学的，二百米跑道三四圈下来，便气喘吁吁。晚上，个个坐在床上，唉声叹气，不能动弹，脚肿得像八月的葡萄，红紫相间。当老班走进寝室时，我们把他当亲妈了，就差点儿没哭着投怀送抱。老班说没事，用热水泡一下，两天就好了，立刻，整个寝室里阴霾的氛围一扫而空，一下子就温暖起来。

两天后，脚恢复原状，我就继续跑步，就这样，一跑就是四年，不管夏热冬寒，不管春雨秋霜。

一次回家，冬晚，和父亲一起泡脚，父亲指着我的小腿跟妈妈说："这小腿多结实，比我的都粗了。"父亲是个庄稼汉，强劲有力的腿部肌肉是多年负重锻炼的结果，只是，父亲是在田间劳作，我是在学校奔跑。

毕业后，来到一小镇教书，青石板铺就的街道，两边是粉墙黛瓦的老式建筑，虽破旧低矮，却透露出一种古朴的意蕴。学校不大，面街而建，操场很小，没有跑道，一根水泥柱顶着一个篮球板，篮圈不知去向，另一根架子早不见了，据老教师说要倒了，怕出安全事故，就拆了。

没有场地，没有同学，没有了感觉，也就提不起跑步的兴趣了。后来，环境熟悉了，学校后面有一条小河，河堤上一片清静，偶尔早起就奔向那河堤，来回跑个两趟，像戒赌多年的好手，忍不住放荡两次，慰藉一下当初那个跑瘾。只是，须起得很早，否则就要遇上赶早集的村民了，他们好奇的眼神会令你索然无味。

又一个四年过去了，加在一起也没跑到一百个早晨，倒是晚上，几个单身汉经常把街道上青面反光的石板路叩得清脆入耳。

或许本就是一位匆匆过客，打马过街时，只惹得窗后相思几缕。古老集镇只适合两友对坐，于窗外雨打芭蕉声中，细细小酌，不适合大汗淋漓喧哗吵闹的畅饮。只适合小巷深处，白发老翁手扶烟斗，悠闲而过，不适合风风火火，袒胸露乳的快速奔跑。古镇于我，犹如嚼蜡，本没有滋味，离开时，自然也没有过多的留恋。

来到新的学校，结婚，女儿出生，自己学历提升等等，人忙得像陀螺，似乎，一切事情只是刚开始，全部都是新鲜，永远理不出头绪。

几年下来，体育课上看到学生压腿，奔跑，恍如隔世。学校建了一个简易篮球场，几位年轻教师前呼后拥地上场，缺人打全场时，硬拽着我上去充数。我突然有种很羞怯的感觉，似乎是第一次打篮球，打了几场后，熟了，三步上篮，小勾手，也行云流水了，还偶尔当个裁判。小青年像发现新大陆似的，惊羡不已。可是好景不长，两年不到，篮球板损坏，钢板支架也歪斜不支，本是小厂赞助，又缺少维护，自然就这个结果。

奔跑如风的感觉再次淹没在烟火红尘中。

女儿逐渐长大，记得刚会走路时，喜欢带她去爬教学楼的楼梯，开始要用手牵，后来她一手扶着栏杆，一步步爬上去，下来时就扶墙壁，再后来，就无须借助外物上下自如，再后来，她在楼梯上就奔跑如小鹿了。

想起励志电影《阿甘正传》中的阿甘一生都在奔跑，幼时被人欺辱时，跑得比汽车还快；战火中快速奔跑救了多名战友；环美长跑——奔跑中，他拾起了信心，寻到了爱情，也升华了人生——他虽天生愚钝，但憨厚、淳朴、执着，叫人感动，令人赞叹。

想想，人生何尝不都像阿甘那样进行的是一场越野长跑。只是有人跑得快，有人跑得慢，有人绕了路，有人抢了捷径。

时间就像流淌在枕边的一条河，哗哗地不分昼夜。一晃，女儿已经上初中了，体育考试由过关到算中考分数，分数由少到多。这样，一股体育锻炼之风已迅雷之势普及各地中小学，增强体质从学生抓起，学校也投入很大，购买了十几张乒乓球桌，新建了两个篮球场，单杠双杠爬杆、塑胶环形跑道一应齐全。可女儿独自锻炼总也不习惯，于是，她跑步锻炼时我便陪同，在朝晖升起时，在夕阳未落前。

重拾奔跑如风的感觉，有着青春的活力和岁月的厚重。望着女儿稚嫩的肩膀，倔强向前的背影，我又想起多年前师范寝室里的那个晚上，想起不停奔跑的憨憨的阿甘——为了一个信念为了一个梦想，我将一直奔跑下去。

停电的日子也温馨

早上接到朋友的消息，说停电一天，晚七点才来，据传是架高压整修路线。没办法，只好准备过一天没电的日子了。

中午，轮到我煮饭，洗菜、烧菜按部就班地进行，没电就用煤气。可煮饭就麻烦了，平时都用电饭煲，插上电啥都不用管，到时候就吃饭，现在只有找出高压锅，好久不用了，灰尘很重，洗净，盛米，架在煤气灶上烧。看来一些旧的东西真要维护好，就像不常走动的朋友，在你颓唐无助时，莫名的有双温暖的手伸过来，鼓励你，增强你的信心，帮助你走过人生的洼地，而平时，他就在不远不近处关注你。

午饭就这样对付过去了，高压锅煮的饭糯糯的、黏黏的，感觉像品尝放在墙角的那坛老酒，别有一番经年岁月的风味。

电不来，电铃也不响了，美女清纯的温馨提示也听不到了。走廊上悬挂的铜铃响了起来，很久没有摇过，摇铃者摇得散乱，缺少节奏，老师们也不在意，知道就是那回事，正常上课、下课、放学，好像学校本就该用它。

傍晚，早早地吃过晚饭，知道没电，女儿也抓紧起来，趁天还亮着，完成了几项作业，这样懂事，真是让人放心。

往日，晚饭一过，妻追剧看电视，我开电脑码文字，各不干涉，互不打扰。今晚，我们竟不约而同地想到出去散散步，边走边聊，感觉好久没这样悠闲了，心境也静谧、开阔，像佛一般。信步走过马路，穿过一段砂石路，便看见一片田野，远处横着几处村庄，黛黑色，静静的，眼前是大片的油菜地，这个季节，油菜已经成熟了，长尖尖的角果颗粒饱满，黄澄澄的，整齐地斜插在秸秆上，微风吹过，慢悠悠地晃着，感觉沉甸甸的。有几块油菜田已经收割完了，小山似的秸秆堆放在田里，似乎向人们展示白天的忙碌景象。

“父母在家应该很忙了，”妻说，“不行，星期天回去帮一下。”岳父是退休教师，早就不种地了，我的父母依然离不开土地，今年还种了一亩多田的油菜，前几天，母亲来电说，油菜快成熟了。妻一直很孝顺，我感激地点头称是。

夕阳的余晖渐渐隐去，天暗了下来，远处村舍变成墨黑色的一条线。回家的路上，看时间已过七点，电却没有来。没到家门口，远远地便听到孩子们的嬉笑声，那是他们在操场上尽情地玩耍。终于逮到这样停电的机会，不然，他们早就回家学习去了，谁还舍得这样浪费时间呢？

推门时，偶然一瞥，女儿房间的窗户上透出一丝亮光，进屋，细瞧，学习桌上一只贝壳里很诗意地点着一支蜡烛，红红的朦胧的烛光下，女儿正奋笔疾书……

妻喜欢得心啊肝啊地喊出声来，我忙拽她来到卧室，继续着我们原先的话题，蜡烛不点，温暖继续……

不知不觉已过了九点，灯原本是开着的，就随手关了，打着电筒洗洗上床，靠在枕头上，话题就天马行空了，几时睡了，也不知道。一觉醒来，已是早晨，满心欢喜地起床，继续着人世间的红尘烟火。

回想停电的日子，就像多年不见的朋友，偶遇在陌生的街角，再忙也得喝杯茶，于是踱进茶吧，于清香芬芳中，抿一口，满是温馨。

愿灿烂的笑容永驻你脸上

婷婷，女孩，我老家的一位远房妹妹，就住在我家隔壁，九十年代出生，出生前家中已有大她三岁的哥哥，她的到来没有给家庭带来多少欢乐。

穷苦的农村人家，重男轻女的思想尤为严重。婷婷出生后，基本都是生活在哥哥的阴影之下，爸爸一直在外打工，和儿女一起的时间很短，还能做到一同看待，妈妈就完全不一样了，虽是高中生，观念却异常守旧——对儿子的喜爱、对女儿的冷淡毫不遮掩地表露出来。她出门做客带儿子，上街购物带儿子，人前人后夸的也是儿子。女儿稍大一点儿，她就几乎很少关爱。儿子自然得宠，处处争强，时常欺负妹妹，而挨骂总都是婷婷，奶奶在一旁敢怒不敢言（爷爷在婷婷出生前生胃病去世了）。作为邻居的我们有时也看不过眼，不疼不痒地说几句，也不顶用，就这样一直到兄弟分家。

婷婷爸在外打工辛苦攒了一点儿钱，选离村不远的一处耕地，建了三间平房，便和两个弟弟分开住了。这时，婷婷已入学读书，背着新书包从我家门口经过，活泼而快乐，虽然还经常受“压迫”。老师家访时说哥哥很聪明但不够踏实，婷婷妈妈就笑不拢嘴了，小孩顽皮是正常的，只要聪明就好！老师还说，婷婷很可爱，成绩很好。妈妈便说，女孩长大是人家的，成绩好有啥用?

有新房子住，婷婷理应高兴，可她却闷闷不乐，爸爸不在家，妈妈很少有笑容，哥哥又经常欺负她，自己就像不讨人喜欢的丑小鸭。唯有奶奶对她好，如果奶奶不在身边婷婷该怎么办呢?

妈妈对婷婷是否愿意一道去住新房子一点儿也不上心，巴不得她不去，继续留在奶奶身边，眼不见心不烦，结果，婷婷真的就留下了。

穷苦人家的孩子似乎特别懂事、要强。婷婷的两个叔叔在外拼搏，并不想落后老大，两年不到，竟也把老宅换成了四间平房，那年婷婷三年级。

然而，苦难不因为你的穷困和辛酸就不降临你的头上，婷婷的噩梦就在这新平房里发生了。

应该是深秋，一晚停电，婷婷点上蜡烛做完作业，就准备上床睡觉。奶奶床头摆着一只木箱，婷婷拿着蜡烛放到木箱上，睡前还提醒奶奶吹灭蜡烛，奶奶答应着，婷婷很快就进入梦乡。谁知奶奶没有吹灭蜡烛，竟然也睡着了，翻身时不小心拉动了蚊帐，烛火立刻点燃了纱帐，随后开始烧被子，奶奶被烧痛了，醒了，冲出门外，要取水灭火，就忘了床上还有她年幼的孙女。

等她取来水时，大火已烧到婷婷那头，婷婷在火中大哭，也已滚到床下，头发被烧焦，双手也烧伤。奶奶这才醒悟，忙抱起孙女冲出房外，放好孙女后，奶奶再次冲进火中。她要抢救财物，火势变得越来越大，好长时间奶奶还未出来，在外面大哭的婷婷也急了，学着奶奶端来一盆水，冲进火中。看到奶奶倒在地上，身上火苗直蹿，婷婷用水胡乱一泼，拽着奶奶拖出房外，婷婷双手再次被深度烧伤。婷婷哭喊着冲出大门外，大喊救火，我爸妈及邻居才知晓，迅即赶来将火扑灭，房里已是一片灰烬。

婷婷苦难的生活也就从此开始了。

两人当晚就被送到巢湖市四康医院烧伤科治疗，奶奶年岁较大，皮肤粗糙，烧伤面积远远没有婷婷大。一个礼拜后，两人出院，带回来两大包药，有涂抹的有口服的。婷婷也被迫休学一年，一次回家看到婷婷大冬天还把烧伤处暴露在外，老皮未掉，新皮刚长出，看着都让人心疼。爸爸回家痛心疾首，将奶奶和婷婷一同接到新家居住，妈妈也懊恼不已，不再说什么。婷婷在学校办了保险，家中经济受损不大，可孩子……

大约有半年时间，两人基本痊愈，奶奶身体上留下不少伤疤，并无大碍，而婷婷虽治疗期间做了几次植皮，但依然有种面目全非的感觉。头顶烧光处留下几个很大的疤痕，疤痕突起很醒目，双臂也留下疤痕，双手更是惨不忍睹，左手少一小拇指，右手的无名指和小指指甲没有了，并萎缩得不成型，一个可爱的女孩就这样留下难以修复的残疾。

往年，每次回家，见到婷婷，她总是羞怯地笑着，甜甜地喊着哥哥，可后来，我并不有意盯视她，而她却默默地低着头，从我面前匆匆而过。

母亲说，婷婷性格变得孤僻了，很少和他人说话玩耍。见过婷婷老师，老师说那次受灾，对婷婷打击很大，成绩也下降不少，老师经常开导她。

上初中后，婷婷抓紧了，偶尔回家，很少看到她。2006年中考前，在老家河堤上遇到她，远远便看到她走过来，她不再躲闪了，残缺的双手插在裤兜里，显得很沉静，问及成绩，她有点儿黯然地说，普高应该差不多。

果然，当年，她考进了大江中学。

今年，婷婷参加了高考。前几天，回家套梨，路过她家，遇到婷婷，个子已有一米六，都是大姑娘了。闲谈几句，自然聊到高考情况，她坦然说不好，只要父母同意，打算上大专。我说选择师范专业也不错，三年专科二年本科。她嘻嘻地笑着说，性格急躁不适合当老师，打算学会计专业。残缺的双手也暴露在外，不时还摘片梨叶把玩。我暗自高兴，伤残的阴影或许已渐渐从她心头逝去。说到，你哥哥学农（安农大读书），你学会计，以后就开个公司正好。婷婷哈哈大笑说，哥哥跟我想法简直一样，看她那不再躲闪还算俊俏的脸庞，灿烂的笑容长久地洋溢在脸上。

回家后，婷婷的笑容老挥之不去。我就想啊，初中高中对她来说成功的教育不一定非要考上本科重点，真正需要的就是把她内心的阴霾消除，让她拥有自信，充满希望，踏踏实实迈向日子的深处。

衷心祝愿婷婷的人生之旅一路走好。

一言难尽说小偷

小时候，提到小偷，立刻便现出一个镜头：三更半夜，月光泻进窗内，床上人或鼾声连连或翻身呓语，月光映出一黑影，着深色衣襟，戴黑色纱帽，蹑手蹑脚，动作轻缓，他在寻找着什么。突然，床上一孩童梦中惊醒，睁大双眼，张口欲喊，叫声竟哽在喉咙里。那边黑影却已惊觉，悄然退去。

虽大多是电影里的情节，但想起就毛骨悚然。小偷就像鬼神幽灵般让人恐怖胆寒。

稍长大后，这份情感却有些许改变。半夜里不速之客毕竟少数，而村里的小偷小摸却大有人在。彼时，农村人生活很苦，门口几个小青年经常偷鱼、偷菜、偷柴，并将偷窃的过程不时地在伙伴中爆料，添油加醋，极尽夸张，听者起哄、欢呼，奉为英雄。我有幸当几回听众，感觉小偷原来也可以做得这样有趣，真是令人神往。于是，在某个看电影的夜晚也当了一回小偷，狂偷了对河夏三爷家的梨子，虽惊险异常，但感觉很兴奋，多年后还记忆犹新。

师范读书时，学生大多来自农村，家境贫寒，对钱物特别珍惜。有段时间男生寝室经常被盗，鞋啊衣啊钱啊不翼而飞，学生曾多次反映至学校，学校除增加保卫外也似乎没有特别好的解决办法，后来发展到不同年级的学生相互猜疑，为此还大动干戈。

终于，高年级的学生在一次巡视中将一名小偷堵在室内。经盘查，属社会上的惯偷，二十不到算是同龄的小偷站在寝室中央，低着头，神情沮丧且一副任人宰割样子，学生围得水泄不通，要钱要鞋群情激愤，不知是哪位高人突然将电灯熄灭，一阵噼里啪啦之声，电灯再亮时，小偷已趴在地上，动弹不得，后交至派出所——据说第二天，那小偷就被释放，又在街上闲逛。

本人也有几双鞋子被偷，虽目睹小偷被打趴在地，却无半点儿同情，心中只有两个字：解恨。

毕业后，多年来不曾遭遇小偷，那种切肤之痛也就淡了、浅了。

前段时间，上教师进修网进行远程视频学习，一教育专家漫谈备课，话题涉及“钱学森之问”，继季羡林等国宝级大师去世后，中国已无大师，原因几何？他罗列了国内外大师（主要指诺贝尔奖获得者）的共同特质，其中有两条：一是小时候有过光着屁股在河塘里游泳的经历，特别强调必须在天然的河塘里，最好在大江大海里，那些收费的游泳池或山沟沟是不行的；二是小时候做过小偷，偷的东西要多且杂，最好有被追赶的经历，这样这些准大师们长大后就有深度的廉耻感，郁闷时不会裸奔，学术上不会剽窃。哈哈，观点很有趣，看来咱们还有做大师的潜质呢。

可最近发生的一个事，让我对小偷这角色再也没啥“兴趣”了。

那天，去县医院例行体检，抽血化验时，排着好长的队。抽过血的人也在抽血室里整理衣服，暂时没有离去，十五平方米不到的地方挤满了人，都是来就诊的，挤就挤点儿，谁也不介意。轮到我时，我已把一只外衣袖子卸掉，夹在腰下，另一只手捋起羊毛衫，露出胳膊，待完事后就离开了。

赶去吃早饭，临到付账时，一摸口袋，四百多元钱不翼而飞，翻遍全身也毫无所获，羞红着脸吃了一次霸王餐，好在老板通情达理，几元小钱也没过多为难。

离开小吃店，心中那个郁闷啊！赶到抽血站咨询。美女护士问清原委，说，她一早就看到那男子在人群中蹿来蹿去，伺机行窃，他是惯偷，前几天一病人被偷了一千多元。后来护士们就不停提醒，今天早上人多忙着就把这事给忘了，为防小偷还搞了一个提示板，她手指外墙。我才恍然，温馨提示赫然挂于墙上。

临走，护士还打趣说，四百元，就算买个教训，权当请小偷喝几回茶吧。我心愠愠然，这茶有这么贵吗？这小偷良心也忒黑了吧，看病的钱也偷得下去！

回头想想，这是工作以来第一次遭遇小偷，主要还是太大意，自己脱外衣的短暂瞬间给了小偷机会，假如，换成把外衣全部脱掉夹在腰间，就不会遭窃了。当时，是有一位病人要插队，挤了一下，看来那是佯装的。

记得一位老师说他遭窃是在火车上，他坐窗边，邻座与窗外熟人打招呼时压在他身上，之后，邻座下车离去，他钱包也没了。两者异曲同工，如同一辙！

离开医院，走到大街上，手不自觉地插入口袋，那种原先对小偷的摇摆之见瞬间消失，油然而生的是厌恶。如说抢匪于光天化日强行抢夺，把罪恶抛洒在众目睽睽之下，给人以凶暴、恐怖乃至血腥之感，那小偷就以于人不察的情况下，作案于无形，给人以阴森、憋闷甚至抓狂之感。

回想人生不同阶段对小偷的理解，让我感慨良多之余，也甚觉有趣，于是，写出来与大家分享。

有车一族

单位不少同事家住县城，县城到学校虽有班车经过，但都觉得不便，于是，拥有一辆自己的车成为同事们上班前必做的一项工作。

十几年前，路况不好，大多选择摩托车，速度快也耐磨，一时，架子车、弯杠变速等成为大伙儿追逐的焦点。早上，一辆接一辆开进校园，马达的轰轰声此起彼伏，直到上课才安静下来。远远看去，操场上一字排开，很有沙场点兵的气势。冬天清晨，一个个全副武装，绑腿头盔皮手套，走路都铿锵有声，俨然穿着太空服的宇航员。

饭后，中午没事，太阳下有车族们就坐在后座上山高水远地侃大山，今天，谁又购了一款新车；昨天，谁喝酒多了，速度快了碰伤了腿；谁的速度已达到了80迈——一款新家伙当然要试试；腿碰破了，说明酒量不行，自然要奚落一番，甚至要威胁摘掉“白酒三剑客”的称号；80迈算个啥，有人不以为然——那时，操场上洋溢着快活的空气。

其间，一位高姓同事豪情冲天地购了一辆新车，流线外形，赛车结构，启动加速数秒完成，正常时速达100迈。晚上若有饭局，十几辆车一溜烟地冲出校门，一马当先的就是高车手，马达轰鸣，尘土飞扬——那是一段青春躁动、热情火爆的时日。

然而好景不长，谈“摩”色变的时代悄悄地到来了。

那是一个春雨绵绵的日子，小高单溜县城参加朋友的聚会，酒后驱车去芜湖，时速达120迈，过桥时一头冲向违规停在马路上的卡车，致使卡车尾部钢板塌陷一大块，赛车扭得不成形，撞破头盔的小高又反弹到地面，送医院抢救无效，于第二天去世。

消息传回，举校皆惊，小高老婆也是本校老师，儿子刚满四岁，其惨淡前景不堪深思。车手们震惊更大，卖的卖，扔的扔，不到一月，十几辆摩托车消失殆尽。

那几年，挤班车成了大家每天的必修课。

时间在飞逝，学校门口砂石路终于变成了柏油路。第一辆电动车是吕姓同事开进了校园，立马，电动热迅速蔓延。说起来，这家伙也够神奇：不用加油，只需充电；速度不快，没啥危险；无需技术，男女皆宜。特别是颜色鲜艳的电动车非常适合女性老师，骑着奔驰在平坦的马路上，多潇洒惬意。半年不到，教师不分男女老少，齐刷刷一轰全上。

这头大伙儿热闹非凡，那头学校校长不干了。电动车不停操场，不停学生车棚，就爱停在办公室旁边，因为充电唯有办公室里有电源插座。于是，横七竖八地挤在过道上，线拉得像蜘蛛网，老师要挤出挤进。校长在会上说了很多次，不顶用，人家大老远来上班，不充电晚上怎么回去，再说，能吸公家多少电呢？

看来，靠阻不行。后来，学校想到一个办法，建一教师车棚，安几个插座，一下子，问题解决了，进车棚一数竟有三十多辆。

自从普及电动车后，愣是没出一起大事故，想想同事小高，唉，这古怪的电动车为啥不早出来啊。

最近，校长又开始烦恼了。新上班的青年教师直接越过了两轮奔向四轮，有点经济实力的教师也把两轮换了，不到两年，校内轿车保有量达三十台，相较摩托车和电动车，轿车体量大，更占场地，水泥操场变成了教师停车场，横七竖八的，像办车展，学生的自行车和电动车都退避三舍，挤进了墙角。

时间一长，学生根据牌照就能对号入座，一批调皮捣蛋的学生竟然以此和老师玩起捉迷藏，班主任和老师不来，他就肆意妄为、违反纪律，你提前开车走，他也溜之大吉。更有甚者，破坏轿车报复教师，这给学校管理带来不少麻烦。

前段时间，督察组领导也丢下意见，学生活动空间严重不足，限期整改。

唉，有车一族。

总有一场雨在那儿等着你

今天，放晚学，天阴阴的，按惯例我不予理会，拖出电动车就奔跑起来。

路上行驶五分钟左右，几滴雨点跌落下来，随后，风呼呼地刮了起来，硕大的雨点劈头盖脸地砸到车上，柏油路上水花四溅，墨镜镜片上水流不停，呼啸而过的轿车在耳旁鸣着加长喇叭。我狠狠地开着车，终于看到路边一家小店，匆忙躲了进去。就这样，一年来，我骑车在路上，第一次遭遇了暴风雨。

假如，提前十几分钟出发，风雨横扫时，我已在家中厨房里悠闲地准备晚餐了；或者，推迟几分钟动身，我自然会选择打车，那呼啸而过的或许就是我乘坐的那辆车——可偏偏就在那个点，那自认为无须理睬的时段。

其实，记忆中，在路上，总有一场雨就在不远处等着你。

记得小时候，水乡水田种着水稻，稻谷成熟时，正赶上双抢，抢收抢种。关键时节，大人小孩齐上阵。那时，没有收割机，几个大人围着一个大木桶，用成把的稻谷击打木板，稻粒就聚集在桶底，俗称打稻。稻谷集多了，就运到场地上赶太阳晒干，很原始的方法。小孩也必须干活，主要任务就是抱稻把子，提高大人打稻的效率。为赶进度往往要起早摸晚，早中餐都在田间完成。

午饭后，刚刚还是阳光灿烂，一下子就是乌云翻滚，一场暴雨突然袭来，雨点鸡蛋般大小，砸上泥土就是一个洞，砸到头上生生地疼。大人不再打稻了，迅速把打过的稻草捆起来架到头上，或者将空了的木桶支起，钻进去躲避雨点的袭击；我和哥哥早就跳进河塘里，扎猛子，捞起水草盖到头上。场地上晒着稻，妈妈姐姐她们就要进行一场救火般的抢场了，抢完自家要帮忙抢人家，那场景是落叶秋风、气吞万里。一会儿，风平雨静，我们冒出水面，打稻声再起。场地上却是一片狼藉，不知几家的稻谷流淌一地。

那样的一场雨，就像农村一捣蛋的青年，在墙角处等着你，乘你经过时，猛使一绊子，谁又能躲过。

那次，应该是读中学了，去河那边看露天电影，走河堤，绕小路，好不容易来到电影场。放的是《神秘的大佛》，看得正惊心动魄的时刻，突然，一滴雨飘落下来，几滴雨砸下，无数滴雨砸下，带头大哥老邓组织大家，点燃稻草当火把，在雨中突围，暴雨下了近一个小时，我们把拖鞋别在腰间，光脚也只走了三四里路程。来到河堤，雨竟小了，停了，月亮像沐浴归来的少妇，漫步走进厅堂，光鲜而亮丽，回首那朦胧迷离的电影场，枪声稠如煮粥，可浑身湿透的我们，再没勇气返回了。

那场雨，还有美丽的月光，把煮粥的枪声永远定格在我少年的记忆中，挥也挥不去。

第一次恋爱，是刚上班不久。分手是在离她家很近的一个古镇上，约好等她，清早等到中午，没见到她的身影，却等来了一场绵绵的秋雨。骑着自行车绝望地飞驰在公路上，脸上流淌的不知是雨水还是泪水，由柏油路来到石子路，再由石子路冲到土公路，开始是人骑车，后来就是车骑人，不知摔倒多少次，感觉不到疼痛，人似乎麻木了。回到家，小病了多日，不久就收到她的来信，意料之中的内容。

感觉那场雨冥冥中就等在路上，为的是祭奠我第一次恋爱。浇灭了那段激情的同时，也让我深深地体会到生命中的无奈。

是雨在等我，还是我在等雨呢？此时，风裹着雨，四处飞洒，根本没有停止的意思，我找到雨披披在身上，冲进雨中，才知道，面对如此恣肆的暴雨，雨披也无奈，眼前一片朦胧，全身很快湿透，可我再也没停歇，在雨中疾驰。到家时，早成落汤鸡，妻已烧好洗澡水。

淋着热水，就想到刚看的一部美国电影《127小时》，探险青年在大峡谷中行走，不小心被滑落的巨石压住一只胳膊，127小时过去了，在信息不通、自救失败的情况下，他选择自行截肢，才死里逃生。青年一句话甚是豁达和感人：这块巨石，一千年前就在这里等着我。

是的，人的身心旅途中，有很多场雨经过，有的不期而遇，有的渴望已久，有的翩然逝去，有的永久定格，有欢快，也有忧伤……

总有那么一场雨就在不远处等着你，伴你成长，让你难忘。

我，一直在路上

这个标题好像是白岩松的一本书名，不记得了，管他呢，借来用用。

昨天下午路考结束回家，晚饭后早早睡觉，连续充电十个小时，早上八点起床，还感觉浑身酸胀，但精神焕发，像少年时候干完最后一天农活，早早睡觉，第二天慵懒地起床，在村头闲逛，心如掏空般轻松。

打开空间，看看好友们的动态，已有好几天没光顾了，顺便把农场收拾一下，继续这虚拟世界的花果生活。

女儿一见我进入空间捣鼓文字就说我是一个恋旧的人，写的一些文字很多是陈年往事。证据确凿，我无法反驳，可我总执拗的认为我又是一个善忘的人，二十世纪末六年的自学考试之路，至今在文章里只字未提。那白天忙着照顾女儿，晚上独自一人找地方看书的情景；酷热夏季骑车与同事去县城上辅导课，回途中扑进河水里游泳的场景；那一到巢湖市参加考试就犯胃病，一人蜷缩在车站旅店里的场面，犹在眼前晃动，恍然如昨。

还记得，同住的一个小伙，从考场下来就钻进被窝蒙头大睡，那懊恼纠结的表情，感觉就像高考失败一样痛苦不堪。至于一男同事被偷掉裤子，女同事被车主敲诈怒立车头不让车走的搞笑情节，应写成很多短文，可我回忆的触角就是不愿去触摸，或许那是一段酸辣大于欢乐的苦读历程，适合放在嘴边细细咀嚼。

回想自己也算一个幸运的人，每每在学习、培训中都能遇到好老师、好教练，受到关心和照顾。自考结束后的2001年，竟耐不住寂寞，利用暑假跑到铜陵市去参加电脑培训，遇到儿时的玩伴加表弟——张春，偌大的房子就他一人住，他的热情像火锅一般，住的问题自然解决。一同乡加校友竟是培训老师，这样，闷热的三十天培训时间就变得有趣多了。

学驾驶练车中，遇到几位教练也都是尽职尽责的人。高教练指点倒桩说："别把大姐看成大妈，好吧。"风趣幽默。"人控制不好车，那还得了。"赵教负责场地，堪称"金牌教练"，他的严厉要求是出了名的。冯教把关路考："打方向灯，就要看后视镜，注意点儿。"冯教儒雅，指点路考很是人性化。很多话语言犹在耳，就这样，一关一关走来，虽偶有曲折，但总算顺坦。

妻说我不是一个能坚持的人，经常把后悔写在脸上。对此，我只能在心里弱弱地反驳一下，每到考试闯关前，我总是有焦虑、不安的情绪，以至想通过其他途径绕道而行。妻便坚决反对：要学就该学点儿东西。到后来，感觉不是在为拿驾照了，而是在接受一种锻炼，完成一个愿望，就如登山者，必须爬上顶峰，体验攀爬乐趣，领略沿途风光，而不是坐索道，吃快餐。

上次一位多年不联系的同事来电话谈到名利，问我：“能放得下吗？”我说：“一路上，要时时感恩那些给予你帮助的人。至于名利，不能放下，又能怎样，顺其自然吧。”其实，在人生成长和历练中，有多少人能真正做到豁达超然?

我想：我只能，一直在路上。

小朱的夹克

偶尔去歌厅吼两嗓子，喜欢点小刚的《黄昏》，喜欢黄昏，是因为它的歌词，“唱不完一首歌，疲倦还剩下黑眼圈”，用词形象。“依然记得从你口中说出再见坚决如铁”，说出再见的样子像铁般冷漠、干脆，听了一遍，就喜欢上了。

类似这种先爱上歌词后喜欢上歌曲的情况，发生在另一首歌上，它就是陈奕迅《你的背包》。陈奕迅唱了很多歌，曾在春晚与歌后王菲合唱了那首经典《因为爱情》，歌界评价甚高，我却对他热不起来，可偶尔一次听了《你的背包》，立马产生化学反应，开始有点儿喜欢上这位光额头一笑眯着眼的家伙了。

“我们在机场的车站，你借我，而我不想归还”，应是在秋雨飘洒的早晨，两位漂泊异乡穿着破旧的朋友，在车站挥手告别，我的行李没处安放，你将背包借我，里面还放了很多纪念品连同朋友间友情。这一别，从此，各自天涯，杳无音讯，你的背包就一直挂在我的肩上。这本是一个平常的故事，但歌者把它演绎得富有深情，在平常生活细节中赋予更多的感动。

这样的歌词，让我想起在无为师范读书那会儿，应是二十世纪八十年代后期，当时学校免费发菜饭票，但基本不够用，家里每月提供一点儿算是贴补。我家每月五元，后来略有提高，妈妈每月将鸡蛋聚聚，月底卖掉凑足钱数等我回家取。在这种情况下，我想添置衣服就非常困难，一二年级不太讲究，哥哥剩下的衣服勉强对付，三四年级就明显觉得寒酸了，特别到了快毕业时，照个合影啥的尽量得穿戴整齐，有个样子，至少给女生留个好印象。同寝室几位同学的衣服都借过，有西装有夹克，小朱那件夹克衫我借得最多，夹克不大不小，我穿着正好，不管是三五人小聚会，还是班级大合影，我都是穿着小朱的那件米色夹克出现在照片上的。

“你的背包，背到现在还没烂……我的朋友都说它旧得很好看，遗憾是它已与你无关”，这个背包我一挂就是多年，已挂成肩膀上的指环，已挂成一个符号，很旧很旧了，我却不舍得扔掉，整天背着它上班下班。其实，这个背包是朋友间情感的见证，表达了我对朋友的深深思念。整首歌情调低沉，缠绵悱恻，背包的包每次唱得都很高，陈奕迅是用假嗓子唱上去的，有种声嘶力竭的呐喊，扔不掉那段淡如水深如潭的真挚友情。在这个物化很重奢谈情感的时代，确实给人心头一暖，眼前一亮。

师范快毕业了，小朱竟然把那件米色夹克送我了，我意外之余很是感动。接着是暑假，夹克实在是穿不住了，洗好后便整齐地叠放在木箱里。开学后不久，拿出来穿上，彼时，夹克的颜色掉得厉害，腋窝下是米色，而整件衣服看上去已经是斑斑白白的，可我却一点儿不觉得它难看，依然穿着上班下班。一次，一位学美术的杭姓同事要画画，看中我的夹克和外形，要我做模特，我很高兴，她便将我连同米色夹克画进了作品里，结束后，她说，夹克是旧了，该换一件新的了。我没说啥，想起了远在和县县城的小朱。

小朱在校期间，喜好文学，热爱运动，为人洒脱，特立独行，算是校园里的风云人物，毕业后，我来小镇教书，他回和县任教，我们自然交集很少，但一直心向往之。

前不久，同学小李邀请自驾游和县，我欣然前往。小朱依然潇洒，挥手间，和县同学几乎全到。席间，我们多年没见的老同学相谈甚欢，小朱更是热情如火，用酒把我们几位浇得晕头转向，不知南北。晚上，来到名门KTV，老同学们情绪高涨，把二十世纪八九十年代的歌曲几乎全翻唱了一遍。

多年没见，小朱的脸上留下了一些沧桑，头发也掉得厉害，望着他那光亮而宽阔的前额，我竟想起那件米色夹克。遗憾的是，它在我几次搬家中不知所踪，可我依然记得夹克的样式，松紧袖口，宽厚的垫肩，很舒服的米色。

“你的夹克，曾经陪我两年半，它已熟悉我的汗，它旧得确实很好看。”我点了《你的背包》，把歌词换了。

我的新家

终于住进新家了!

新家是从十月份开始装修的，历时一个半月时间，装好后，再吹风近两月。其间，上网查询如何除甲醛等相关知识，然后，跑到花木大卖场拖回一大堆吊兰、绿萝和常青藤，又网购了活性炭，再加上白醋热熏，多管齐下，效果较好。

原先在装修购买材料时，大多数都是选择经济环保型的。人至中年，不求豪华、艳丽，但求舒适、健康。

小区共有四幢楼，房子一百套不到，空间不大，但名字响亮大气，阳光水岸新村，占尽天时地利。新家位于最东面的三楼，三室两厅，三室分别朝南朝北朝东。

早上晚起，阳光已透过窗帘的缝隙挤进了室内，顽皮地在床上跳跃。妻满心欢喜，忙起床，将厚厚的窗帘掀开，倏然，满把的阳光充盈了房间，像突发洪水一般。妻因寒冷又钻进了被窝，我的双眼竟一时无法适应这雪后强光的直射，迅疾起床奔向阳台，在这个冰雪封门的早晨，我的心一下子收获了两个月劳动后的喜悦。

朝北的房间，临着一条小河，河水常年流淌，清澈见底，不腐不污。春季两岸绿树影映水中，河岸曲折延伸；夏季有孩童在河水里嬉戏、游泳；垂钓爱好者会选择秋季把自己站成岸边的雕塑；冬季有勤劳爱干净的女子在河边浣洗。河面不宽，但烟火浓郁，风生水起。朝北的这个房间面积最大，是女儿的房间，女儿在外读书，在家时间不多，住的时间也不长。妻将买回来的猪肉、牛肉放在朝北的阳台上，那一块天地已被开发成天然的冰箱了。

朝东的房间面积最小，十平方米不到，却是我的最爱。

请木匠打了一个书橱和一台电脑桌，网购了一台跑步机和一张沙发床。书橱靠墙，橱边悬挂着金觉吾老先生的书法作品：电视剧《三国演义》的开卷词《滚滚长江东逝水》。跑步机对窗，窗外，近处是一口池塘，水草处于静止的状态，在冰层的下面摆着招摇的姿势，鸟儿在树上飞来飞去，不放过点滴机会寻找食物。稍远处，是一片田野，田埂纵横交错，被白雪覆盖一起一伏，伸向远方，阳光照耀下，泛着银光，间或有一两棵水杉直挺挺地立在那儿，黝黑的枝丫直插青天，像是守卫庄稼的哨兵。

遥想春夏季节，田间应是一片碧绿和金黄，“清风徐来，水波不兴”。麦浪翻滚，稻花飘香。再向远处看，是长江南岸的连绵的群山，黛黑色的山体，凝重而阔达；清晰可辨的线条，柔和而飘逸，整个看上去就似一幅大写意的水墨画。

这时，一条流线型的长条巨物在山下快速移动，嘿，这不是合福高铁吗？难怪说“欲穷千里目，更上一层楼”想要看得清，看得远，就需登上高处，高铁窗前过，驰骋奔远方。

如是晚上，临窗对月，明月当空照，河水兀自流，另有一番情趣。田野里，连绵的白雪在寒白的月光映射下，显得恬静、朦胧且神秘。突然觉得，偌大的辽阔天地都属于我。

“爸爸，吃早饭了。”不知啥时候，女儿起床了。我忙收回视线和想象。电脑前，阳光正卧在我的桌子上，我的整个身心通透，一如冬日暖阳。

阳光普照，水岸情怀。我的新家，真好！

在书香中安静

暑假过去已经几周了，如果去小结，我这个暑假过得还算充实，收获颇丰，不是赚了多少钱，也不是取得多大的成就，而是读了不少书。

那本许辉的散文集《又见炊烟》，是五月份参加了巢湖文化大讲堂活动，省作协主席许辉亲笔签名的书，带回家后，几乎没有翻过。这本书印刷精美，从封面简短的文字介绍，这是一本写旧时光的书，主要描写淮河两岸的风土人情，还有作者自己的一些人生故事和感悟，一篇篇文章就似一幅幅乡村风俗画。“暧暧远人村，依依墟里烟”，读此书需要安静之所、平静之心，上班之时杂务缠身，那种匆匆忙忙的境况是不适宜的，而暑假，一切都好像慢下来，也安静下来了。这时，就着窗外的绿野和蝉声，去想象早已消失了的袅袅炊烟，确实很惬意。

假前从校图书室借来了《苏童文集》《余华文集》《2011年短篇小说精选》三厚本。苏童的中篇《妻妾成群》，从四姨太颂莲抬进陈家那个傍晚开始，女人们之间的钩心斗角就已经展开，虽然故事发生在久远的年代，但人性是相通的，女人们的小心思被作者描写得细腻生动，让人读来在悲愤中不禁叫绝。庭院深深深似海，傍晚进陈家似乎预示着颂莲悲剧性结局。在三姨太“投井自杀”的惊吓和刺激下，只上了一年大学因家境变故嫁到陈家的颂莲精神崩溃，变成一个神思恍惚的疯子。后来，她的故事变成传说，成为下人们的谈资。随着五姨太进入陈家，相同的故事继续在上演。还有他的长篇《米》，主要人物是男性五龙，作者似乎有意地把这个人物的成长赋予他的独特性，直至这个人物最后变得龌龊不堪，令人不忍卒读。但五龙确实留给人很深的印象，谈不上多真实、多典型，却是很鲜活、很男人，就像满脸疮疤的人，让人过目难忘，辨识度高。

《2011年短篇小说集》中印象最深的是《当大事》。生活中我参加了不少出殡活动，也见识了很多类似的场景。但作者在细节描写上体现了地方的特色，人物心理刻画得是那样的精准，把普通农民在生活贫困和实际困难面前的无奈，把改革发展阶段留在农村的386199部队的现状都展示出来，这既是一个现实问题，也是一个期待解决的社会问题。

暑假里，我时常躲进空调房里，小说的情节如水一样在心头流过，滋润了一个个悠长而寂静的夜晚。

读着读着，我每每想起1990年的那个暑假。彼时，我在师范学校读书，假期我在家读一本叫《德伯家的苔丝》的小说，是世界名著，记得是英国作家哈代的作品。故事情节平缓，苔丝的命运却一波三折。令我印象深刻的是作者笔下的英国农庄田园景象，那是一望无垠的绿色原野，几处欧式的农家屋舍镶嵌其中，美丽的苔丝就生活在这样的童话世界里，她在屋前屋后采花嬉戏——读着读着，自己好像也飞到了英国，置身其间，和她一道嬉戏玩耍，感受她的快乐和忧伤。那时，我正处于一个爱幻想的年龄，傍晚时分，那个安静的屋后，我经常合起书本，眺望蓝天和远方，呆呆地畅想，内心像佛一样无比的纯净。

后来，读《平凡的世界》，那种感同身受的体验和震撼简直妙不可言，常常掩卷遐思，不忍读完，就像小时候妈妈给的零花钱，决不允许自己一下子花光，必须细水长流，慢慢享受，好文章也如此。

《平凡的世界》先后读了不下三四遍，开始借的是盗版书，一大本，字很小装订很差，边读边散了，后来，买了正版，那几年年年都读，每次读都带来不小的收获。

在安静中读书，书香让我变得安静。多年来的读书生活，催生我的创作梦想。虽然只是起步，但我希望为梦想继续阅读，让自己的人生多一点儿丰富的色彩。

友情似火

昨天，晚学回家，就跟平时一样，一切都显得正常，无饭局、无应酬、无公务，习惯性地打开电脑，继续那心惊肉跳的《越狱》。这时，电话铃响了，就跟平时一样的铃声，清脆悦耳，接起话筒还未开腔，那头传来一消息，立刻有种透骨的凉意袭上心头。

关掉电脑，拖出“宝马”冲向公路，还未上公路，龙头一撇，感觉不对劲，停车回视，后胎瘪了。真是“屋漏偏逢连夜雨”，好在修摩托的就在附近，师傅检查后忙着换胎，我便有空向大家介绍一下漏加雨是咋回事。

岳母刚手术，妻每晚去县医院陪床；妻前段时间手机报销了未及时更换，便拿着我的在用，用惯了手机的我突然没了，有种像被世界遗弃的感觉；刚接的电话，姨侄在放学的途中被车撞了，肇事司机、姨侄连同那个蓝色书包都不知去向，小姨子要我火速赶往出事地点，可这车子偏偏就……唉!

终于修好了，迅速赶到目的地，远远看见二姨夫妻在马路上来回走着，手机在不停联系各路亲朋好友，自行车扔在马路旁边，我这才真正明白什么叫作热锅上的蚂蚁——小人物、弱势群体的无奈。

想查附近的医院，无号码，想报警，旁边的老大娘记下的车牌又似乎不太准确，交警答复在查实。

一小时过去了，天渐渐暗了，这时，岳父打来电话说一自称司机的人把姨侄带到姚沟镇医院治疗，惊天喜讯！不说二话，上车就走，路上发现油就剩一格了，可二姨夫那心情，很理解，遇一加油站未停，撑去再说。

镇医院里，姨侄头包纱巾，静躺床上，正在吊水，简单询问无大碍，一边肇事司机那痛恨后悔的表情不再一一细表。随后交警赶到指出肇事司机处理此事的不当，建议按受害家长的要求送县医院进一步检查，当即，一干人等赶着上路。考虑女儿一人在家，我便回赶。

刚过姚沟镇车子就熄火了，想到镇十字街附近有一桶装加油点，便想推车去碰运气，推着推着，身上便冒汗了。“推着车，行走在寂寞的街巷，好想遇见一个丁香般的美丽的姑娘”，心头竟冒出这样的诗句。

“夏校长，你好。”一抬头就看见了年轻的中心校副校长夏勇。

“啊，你怎在这儿？”

还未回话，朋友肖志飞、朱兵赫然立于街上。有很多的话就像长江之水滚滚而下。肖志飞迅速开摩托载我去加油点，来到近前一看，大门紧闭，打电话无人接听。肖志飞解释道：“这是非法加油点已取缔只有熟人才能勉强加上，基本上不对外营业。那怎么办？”

夏勇随后赶到，出着主意：“到高新加油站去，但必须自带油桶。”油桶哪找，买一个？

这时，喜欢说“没法想”的朱兵开口道：“我家有，等我去去去就回来。”朱兵有点儿口吃。

肖志飞开始埋怨：“到镇上来怎么不打我手机？我们饭局刚结束路过，否则，你怎么回去。”我惭愧得无言以对，本想悄悄地来，悄悄地去，不惊动好朋友，不带走一片云彩，唉！

很快，两辆摩托便出现在镇开发区的马路上，灯光闪耀，树影婆娑，四公里的路程瞬息而就。等把油装进车里，我悬着的心也归位了，都快九点了，女儿还在等着我回家弄晚饭呢。

真是应了那句“屋漏偏逢连夜雨”，车子竟然又发动不起来了，任凭我怎样带风门，用脚踩，它就不理不睬。夏勇试了，肖志飞试了，最后轮到朱兵了，但见他不慌不忙检查了一下油路，空踩数下，然后猛地一蹬，嘿！竟响了！

我不敢停息，跃身骑上，挥手示意，急驶高新路。

路上，速度快，风很大，浑身打了几个战，但我心头始终是热的，像火一般燃烧。

我想：那一定是朋友的情谊点燃了身上的血液。

完整的海洋

昨天，从合肥体检回来，妻子便和我说她的同事得了乳腺癌，我们自然聊到健康和寿命，一致要求自己多锻炼、少喝酒，话题变得沉重，气氛显得严肃。

其实，多年来，我一直在定期体检，起初是自费，后来单位组织集体体检，就算是公费了。刚开始，对待体检，总是不太认真，敷衍了事，偶尔在体检前还喝点儿小酒，拿体检不当事儿。

近几年，随着年龄的增大，特别是身边的人过早地逝去，对健康问题越来越关注了，烟就戒了；对体检也越来越重视了，提前一个星期就禁酒，清淡饮食，早睡早起，几乎都按照医生的要求去做。体检结束后还不忘到咨询中心慢慢地询问。

体检单位的选择也越来越受到重视。原先，很多医院兼代体检，宣传单上说，医院的医生能看病，体检自然专业。一段时间后，医院有夸大体检结果、提高医院业务的嫌疑。近年来，专门进行体检的机构受到青睐，这好比为你的健康服务引入第三方，体检结果相对客观、真实。

妻说，她的同事刚做完乳腺癌手术，是例行体检查出来的，应属早期，切除部分乳房后无须化疗。同事感慨万千，如果没及时发现，哪怕就耽误半年，后果不堪设想。

这让我想到一位交往甚密的同学，前几年去世了，去世那年四十刚出头，他得的是膀胱癌，从生病到死亡总共不到半年时间。看望他时，那双茫然而空洞的眼睛，再也找不到原先闪亮和洒脱的痕迹了。一个充满活力的年轻生命就那样烟消云散，令人唏嘘不已。之后，同学所在单位一年一次体检，至今未间断。

记得那天送殡回来后，天空竟挂着太阳，我漫步在熟悉的街上，身边的人川流不息，大多数是陌生的青年人，突生感念，这个人潮汹涌的世界像大海，一个人的离去，就如水面被一把无情的快刀劈了一下，短暂的瞬间有一条切割的缝隙，但很快就会被水淹没，风平浪静后，一切又恢复到原来的模样。个人的水滴相对大海是那样的无关痛痒、无足轻重。

看到一篇文章，名叫《逝者》，上面有句话“岁月不会让谁成为漏网之鱼”给我印象深刻也让人倍感消极。确实，谁也逃不过自然的法则和规律，人在一生的旅途中，学习和工作，努力和打拼，无非就是扩大生命的宽度和增加生命的长度。

虽然只是一滴水或者一条鱼，但对亲人来说，就是一个完整的海洋。匆忙而过早的离去，给亲人带来的伤痛就是对你的记忆生生地截断，无法延续。

爱你的人，最希望的是你好好地爱自己，更长久地陪亲人走过生活的风雨和阳光。

师兄的书法梦

考驾照时，遇到一位昔日的师兄，在训练间隙，我们相互攀谈，也就知道了这位师兄的一些陈年往事。

当初，这位师兄在师范读书时被称为牛人，牛的方面主要是书法，特别是他的软笔书法造诣颇高，学校定期举办书画展时，经常看到他的作品被陈列在玻璃橱窗里。

当时师兄的校长是中书协会员，在当地是颇有名气的书法家。校长对这位师兄欣赏有加，有段时间校内传言盛起，说年岁已高、早不收徒的校长竟然要重启门户，收这位师兄为关门弟子。

师兄没有被浮名迷惑，一如往常勤学苦练，从颜筋柳骨到王羲之、赵孟頫，最后钻研米芾自创一体。他领头组织书法爱好者成立校书法兴趣小组，利用业余时间办培训班，开展书法讲座，传授书法技艺。一时间，应者众，培训班搞得风生水起。

培训班创办两年有余，师兄毕业之后就一直杳无音讯。

我对书法也很喜欢，曾将师兄视为偶像。所以今天遇到师兄，自然会聊到书法。

“现在，你在书法艺术上应该更上几层楼了吧？”我满含期待地问。

“没有，我早就放弃了。”师兄说话间，眼神中掠过一丝淡淡的失意，但很快也就恢复了正常，好像微风拂过的水面，瞬间归于沉静。只是对于我提到他的爱好，他觉得意外，舒展的面容流露出一点儿惊喜、一点儿小满足，是的，至少眼前还有一个自己的粉丝。

他说，刚毕业时，怀揣梦想，决定在书法艺术上坚持下去。当上老师后，每得空闲依然浸淫于书法艺术。他老家离学校很远，学校安排了一个房间给两个单身教师居住，条件相当简陋，他就把纸和笔带到办公室里，随时随地练书法。一个大办公室十几名老师一起办公，空闲时间，大家伙聊天、抽烟，他就铺开废报纸，挥毫泼墨。流畅的行书常常赢得一片喝彩。

就这样，一年过去了。不苟言笑的老校长一直看在眼里，默不作声。

新学年开始了，老校长退了，新上任的年轻校长是从别的学校调来的，看上去比老校长还要严肃。一天早上，师兄正常上班，发现自己的办公桌上收拾得很干净，写满毛笔字的报纸被扔进垃圾桶，几支毛笔和两瓶墨水也被装进纸袋里塞在办公桌底下。见此情景，师兄心里就犯嘀咕，这是唱的哪一出？

校长刚上任，师兄摸不清底细，不敢贸然去探究竟，便借问与新校长熟悉的老教师，老教师哈哈一笑：“你自己想啊。”师兄云里雾里，不得要领，回到房间细细琢磨：在办公室里练书法算违反校规吗？算干私活吗？谁允许你在办公场所干私活？把你的东西全部收起来，这不明摆着是反对的节奏吗？师兄想到这儿惊出一身冷汗。当晚，师兄就把笔墨取回房间，束之高阁，从此就与自己心爱的书法告别了。

几年后，师兄结婚生子，忙于提升学历参加考试，更是无暇重拾初心。

十几年过去了，每每看到同学还在坚持，书法作品屡屡见诸报端，师兄总是淡淡一笑。“不想了，十几年都没有提过笔了，那份热情早就没了。”师兄一边说一边挥着手，似乎想挥去一段无法回首的旧梦。

有人说过，在成功的路上有三样东西，是目光、行动和毅力。师兄有敏锐的目光，他发现了自己的书法天赋，也有果断的行动抓住了机遇，得到了高人的指点，但是，他却没有用坚持的毅力把机遇变成真正的成功。

想想，在生活琐事和负累中，能把梦想坚持到底永不放弃的人多么值得我们敬仰。

辑六／凡尘有感

朋友家的电视

昨晚，拜访一位友人，友人家的一台电视令我兴趣很大。友人说："这台25英寸电视是日本松下原装的，1996年购买，花费五千六百元，是当时国产康佳的2倍，一直使用至今，期间遭雷电保险丝断掉，只维修一次。"我算了一下，已用了十七年。记得，我买第一台21英寸康佳电视是在1995年，两千六百多元（25英寸要贵一些），多次维修后于2004年以六十元卖掉了，换了一台海信的。

朋友继续说："日本电器产品确实厉害，使用时间长，到现在，我这台电视画面依然清晰，音质特别好，不夸张地说，能媲美优质组合音响。"朋友边说边打开电视。朋友的房子是租的，没安数字电视，只在屋外安个小锅接收信号，就这样，画面没雪花点，声音也清透，没噪音。

朋友妻子说："这台电视争取还用三年，再让它退休。"朋友开玩笑说："下半生就不打算换电视了，一台包一生。"朋友还讲道两节松下原装电池，遥控器上用的，竟然十二年没换，在单位说，人家都不相信。我想到老家的电视，十几年来换了一台又一台，三五年一台，更新频率高，一台新的两年一用，画面和声音效果就打折，然后就不停地维修，直至寿终正寝。

友人电视给我的启示：财富的积累。

近日，著名经济趋势研究专家、财经评论家时寒冰先生到台湾访问交流，在博文中叙述见闻。在台湾大学和台湾师范大学附近，有一个违章建筑聚集的村落——宝藏岩，是当年伤残、穷苦的台湾老兵们建造的，房子都非常简陋，但经过认真研究、评估，台北市政府没有将它们拆毁，而是建好排水系统，进行细心维护，竟然将这个违章建筑群变成了闻名世界的艺术村。迄今为止，已经有来自全球五十个国家和地区的近三百位艺术家来到宝藏岩创作，《纽约时报》甚至将宝藏岩与台北101大楼并列，纳入台北最具特色的景点。

我们晚上吃饭的地方，是Deja vu音乐魔幻欧陆创意料理，谁能想到这个餐厅竟然是原来废弃的工厂厂房改造的，时寒冰在书中介绍。

不把建筑拆毁，赋予它们文化内涵，赋予它们新的生命，省下来的钱用于改善民生岂不更有意义。相比较，我们特别喜新厌旧，动不动就拆掉重来，拆了建、建了拆恶性循环，导致财富无节制的损耗。

房屋、桥梁不行就拆掉重建，现在的城镇几乎找不到二十年前的建筑了，即使找到，上面肯定写着大大的"拆"字。

维修师傅也总是劝说："电器产品使用寿命就这么长，现在电视也不贵，换就换掉吧。"

想到《舌尖上的中国》，这部纪录片收视率很高，当下正火。总导演陈晓卿说，他们这次更多的是怀着"吃货"对事物的敬意和感情来做，更希望观众能在片中看到中国的变化。说到吃，很少有人不感兴趣，或许是六七十年代出生的我们都饿怕了，现在加倍地弥补回来。所在城镇大小餐馆不计其数，生意都好，临时去往往都找不到座，一餐饭从中午能吃到下午，一吃就是几个小时，酒喝了，谁还能干活思考，于是，酒后驾车，酒后闹事，酒后误事等等，不胜枚举。

有人评论《舌尖上的中国》，却是另一个视角，国人吃的多，浪费太大，耗时太多，思考有限，创新不力，导致诺贝尔奖获得人数寥寥无几，与偌大中国格格不符。我也感觉这部纪录片有为国人大吃大喝摇旗呐喊之嫌，有迎合市场敷衍肤浅情感之俗。

“西方人有创心，日本人有匠心，中国人有机心。”确实如此，中国人一生可能就一个单位，身边就那么几个人，天天惦记，日日揣摩，从青年到老年，从黑发到白首，有人忧心忡忡，有人乐在其中，耗掉的是精力，荒芜的是时光，最终是很难成事。

朋友家电视一用就是多年，家庭少投资，少费神，有更多的精力去干别的事，大到国家也是如此，消耗太重，内耗太深，谈何物质和精神财富的积累。

错位竞争

学点儿东西，应趁年轻。年老有经验，年轻是资本。青年人，精力旺盛，思维敏捷，动作协调，学得快，不怕失败。

所以，人不能轻易错过自己的最佳学习期。适龄就要入学读书，尽可能不要留级，初中有上初中的年龄，高中有上高中的年龄，上下年龄差距不大，交往没障碍，学习能互助。年龄过大的学生早期因为大脑成熟些或许占点儿优势，但到后来竞争力往往呈下降趋势。

到成年时，学东西，也需要趁年轻。记得考驾证时，几位教练在闲谈时就说，最怕遇到四十岁以上的学员了，如有驾驶经验还好些，否则，那就很可怕了，动作笨拙，反应迟钝，没方向，没感觉，却有脾气。虽是笑谈，确也如此，需补考通过的往往就是年岁大的，尽管他平时训练得多刻苦，操作得多熟练，结果考试了，因为车辆的更换、场地的变化而出现各种匪夷所思的状况。有位车友六十多了，场地考了四次才过。

而那些在校或刚毕业的大学生们学驾驶，可以说是风卷残云，一扫而过。一位很牛的学员，昨晚报名，刚拿到科目一的读本，第二天就去考了，竟也过了。有位学员桩上由于路途远只训练了两三次，连车行路线都是考试临时搞清楚的，照样过了，真是高手。

这两月在考计算机等级证书，青年人一次报考完五个板块，而本人一次只考了二至三个板块，分两月两次考完。六月初报名后，开始认为机上操作简单，思想上不太重视，平时一边训练一边在网上处理其他事情，等到拿到准考证时，发觉时间有点儿紧，利用假期三天足不出户，强化训练，还好侥幸过了。七月骄阳似火，考试依然继续，相对六月，七月时间宽松些，章节、模拟系统练一遍。7月26日，结束了剩下的三个模块。回程车上，一位三十多岁的考生说，这次考了五场，两个不太擅长。一次旁边坐着一位80后，帮忙指点一二，感觉很好。一次旁边坐着一位花白头发的男子，我预感要傻眼，结果，他竟然向我请教，我立刻晕倒。

成名需趁早，学点儿东西，也需要趁年轻。但生活也有很多无奈，想谋一个职业、想让职称上一个台阶、想在单位提高竞争力，即使年岁大了也要继续充电，学点儿东西。有些话不是说，要终身学习，持续更新。

想起一种树，名曰白玉兰。这种树有点儿奇特，在别的花树长叶时，它在开花，开得欢快而艳丽，在别的花树开花时，它却花谢叶生，这样与其他花树形成错位。那位六十多岁的车友，那位头发花白的计算机学员，不是正如玉兰花，错位竞争，收获一份惊艳，赢得一份精彩。

人生没有如果

再次阅读《平凡的世界》，看到孙少平去黄原揽工的情节，总是让我想起在南京做小工的那段时光。

孙少平高中毕业后，回家当了几年老师，又做了几年农民后，实在无法安分地守着几亩田地，便想到出去闯世界，选择去了黄原。没有技术没有背景的他，只能去建筑工地做小工卖苦力，过着流浪苦难的日子。在做工的环境里，接触的都是底层劳动者，他们无知、粗俗，但不失真诚、善良。

孙少平在揽工的过程中，尝遍到世态炎凉。在工地上的日子里，也让他真正感受到生活的艰难。

想起那年，也是刚从学校出来，从未去过什么大城市，总想出去见见世面的我决定要出去闯闯。那天，天刚蒙蒙亮，和一老乡约好一道去南京，第一次乘轮船坐火车，竟然在火车上睡着了，被老乡叫醒时，就到了南京中华门火车站。下车后找到一打工的亲戚落脚在白鹭洲公园旁边的一条剪子巷，随后，亲戚联系了一工地，我便去工地做小工。

在学校义务劳动，那就是闹着玩。而到工地，顶着烈日，真刀实枪地干活，我好几天都无法适应。

孙少平去黄原做活，应在1981年后，在西部一个地级市。工人们都来自周边的县，条件很苦，没啥公棚，住在一个大窑洞里，多的时候，一个窑洞要住二三十人。吃的几乎都是没菜的干饭，小工工资只有两块钱左右，孙少平因为力气大，肯吃苦，拿到小工里最高的工资。

1991年，去南京工地上，也是住工地，有公棚，一间一间地隔着，都是工人自己建的，砌个墙也不粉刷。每间里面放四到六张床。床也就是用木板担在砖上。自带蚊帐，夏天好弄，一张被单就打发过去了。伙食简单，中午有两个素菜，基本就是豆腐青菜，晚上就是中午剩下的，一锅煮，大多时候都酸了，打工的也不在乎，喝点儿白酒就没事了。伙食太好谁能吃得起？伙食费在结账时一并扣除。小工工资九块钱左右。

我一到工地，工头就皱起了眉头，身体单薄，皮肤苍白，肯定不是卖苦力的人，好在荐头的情分大，工头没好拒收，但毫不客气地给我开了一个较低的工资，每天七块五毛。

1991年，与孙少平出门揽工的时间已过去十年，一个是西北地区陕西省（据考证黄原的原型就是延安），一个是沿海东部江苏省，小工工资已经涨了近五倍。

雨天不干活，孙少平喜欢出门看看，在城市的各个角落转转，或看场电影。他白天干活干得筋疲力尽，晚上却依然常常失眠，想象加思考，思绪散乱，这是读书人的通病。孙少平也有退路，回双水村当农民。但他骨子里从没想过把自己打回原形。一个平凡人奋斗的故事总是那样让人热血沸腾。

那年师范毕业，我的退路就是回到老家一乡村小学当一名孩子王，每月赚一百多元的工资，养活自己。我的退路比起孙少平好像要体面一点儿。所以，我总是把去南京这座古城当成一次旅游，把自己当成一名过客，一个月的劳动，就算是一次生活体验和锻炼。

孙少平终于找到了生活的支点，邂逅田晓霞，找到了爱情，接着去桐城煤矿当正式工人。那段时间，他每一天都过得不平静，为他那个世界的存在而战斗。

1991年夏天，我也在战斗。看过几个景点，走过几条古巷，写下几首小诗。只是，我的战斗更像是一个龙套一场游戏，满足虚荣心的一种炫耀。然后，回家，守着一张讲台。就这样把一生中仅有的一两个辉煌，过得平淡无奇、寂寞无声。

孙少平的故事让我感慨颇多，人生没有如果，假如让你重新选择一次，很多人在平凡的世界里都会展现精彩，改写生命。

预防溺水需堵疏并重

虽已立秋，但温度居高不下，各地溺水事故依然频发。8月8日中午，江西进贤县七名青少年溺水死亡。9日河南新安县五人溺亡。看到这样的新闻，真是让人痛心疾首。

回想近多年，夏季到来，学校都要开展防溺水家访活动，如果溺水事故频发，家访工作还要反复开展。家访的内容就是明确要求孩子不许下水游泳。不只是学校，镇村两级组织也异常重视，塘口插警示标志：水深危险，严禁游泳；墙壁贴宣传标语：溺水事故揪人心，下水游泳不安宁。

笔者认为，这样的密集宣传很有必要，但显然过犹不及，它给好玩的孩子营造了一个压抑的氛围，让他们产生错觉：溺水似猛虎般可怕，但游泳却如游戏一样神秘且刺激。

试想，农村的学生很多是留守生，自由活动的空间不大，放假在家，除了完成暑假作业外，要么整天抱着电视不放，要么进网吧消磨时光，这些活动是教师家长不提倡的。而十三四岁的孩子，好玩是他的天性，炎热的夏天，游泳这项活动是那样深深地吸引着他们，可溺水的可怕又让他们不敢越雷池。在这样的纠结中，越是禁止，他们越有尝试和冒险的渴望。

想起二十世纪孩子们的少年时光，天热时，哪个不泡在水里，像鱼儿一样翻腾，一洗就是大半天，怎么学会游泳的，自己都不知道。而现在，初高中生不会游泳的大有人在，这次进贤县溺亡七人中有两人是初中生。新安县五人中有四人是高中生。

曾有教育专家罗列了国内外大师（主要指诺贝尔奖获得者）的共同特质，有两条，其中一条是小时候有过光着屁股在河塘里游泳的经历，特别强调须在天然的河塘里。言辞之间极力鼓励孩子亲近大自然。

或许是一家之言，但如果不给予足够的重视，很多孩子将无法体验到在水中游泳的乐趣，也少了一段美妙的儿时记忆，更重要的是耽误了学会游泳的最佳时机。

诚然，在防溺水安全教育上，家长、学校和政府应共同筑起一道牢固的防护墙，但管理者的职责，堵和疏两者不可偏废：农村的塘口污染重，水花生多，政府是不是要安排清理一下，给孩子一个干净安全的游泳环境；挖深的塘口，不是插个标牌了事，而应提前处理，消除安全隐患；城里的孩子可以去游泳馆，农村人口集中的乡镇是不是也可以建个游泳池供孩子们玩乐；学校做好宣传的同时，是不是也可以挖掘特色，开设游泳的校本教材；家长或监护人是不是应多陪同孩子去安全水域游泳，学会一种技能。

预防溺水责任重大，堵疏并重是关键。

像科比打球般演戏

——评《荒野猎人》

打开电影《荒野猎人》，我静静地欣赏开篇那长镜头的流水声，这应该是第三次观看了。数月前，当电视里还处于收费状态时，我便迫不及待地注册了暴风影音的VIP，第一次看情节，曲折离奇且流畅，极具杀伤力。第二次看细节，刻画得逼真巧妙细腻，打动人的真实。不管是情节还是细节，两次观看给我留下的印象就是两个字：震撼！

我还舍不得放过这部电影，就像放不下童年游戏中的玩伴，落笔成文，就是绕不开；就像放不下初恋时的场景，人早就迷糊不堪，但情境却历历在目。

猎人休·格拉斯（莱昂纳多）的枪声打破沉静，蒙太奇的镜头一下子把我拉进一个战争的场面。电影的表现手法就是这样炫酷，把时空玩转于股掌之间。在猎人商队逃跑的过程中，人物之间的爱恨情仇渐次且自然地展开。格拉斯妻子的部落被宪兵屠杀，妻子死于枪下，多年后，原住民又带领部落袭击了格拉斯的商队，主要原因是首长的女儿被白人掠走，生死不明。贩售皮草的商队伤亡惨重。在撤退途中，格拉斯偶遇黑熊，在与熊搏斗中，他的强悍和智慧初步展现，结局是人伤熊死，情节也飞转直下。

身处鬼门关门口的格拉斯亲眼看到儿子被杀害，伤痕累累的身体爆发了极大的求生能量。然后，他与伤病搏斗，与自然搏斗，与野兽搏斗，与敌人搏斗，与仇人搏斗。这一切的荒野求生和复仇经历，堪称精彩、传奇和惨烈。最终，达到惩治恶人，救赎灵魂的终极目标。

如果说情节是枝杈，细节就是树叶，没有片片树叶就不会有郁郁葱葱的树冠，只看到光秃秃的树杈，这样的树木一览无余，令人乏味。《荒野猎人》中的细节刻画，极具有穿透力和震撼力。如：猎人格拉斯与熊搏斗，熊的每一个攻击动作都清晰入眼，毫不含糊，留下的伤痕在后面的细节中时时交代。猎人格拉斯漂流冰河中，求生本能竟让双腿不治而愈，滚滚流动的河水中，水下镜头也细致入微。在河边喝水时，水竟从颈脖的伤口处流出，这样的细节惨烈得令人窒息。河边围石捕鱼，体现猎人野外的生存技能。类似的细节随处可见，吃草、吃骨头、吃生鱼、吃生牛肉、吃牛肝，钻进马肚子里睡觉等等。电影在细节上下足了功夫，细节做好了，情节自然流畅，人物自然鲜活。

第三次看《荒野猎人》，我注意到它的另一个名字——还魂者。是的，人类不管身在荒野还是雪原，最终还是要回归族群、家庭和亲情，同样，不管荒野多么原始，雪原多么野蛮，只要有人存在就存在生存法则，就需要秩序和规矩。个人为了生存而历尽千辛万苦，其中所传递的对于生命的执着与顽强，给人带来鼓励与思考。但本片显然又不止于这样的内核输出，相比于纯粹的自我营救题材的电影，比如《127小时》，《荒野猎人》还探讨了人性的美与丑、罪与罚。人性中真善美的东西依然需要拯救和保护，这传递了更深广的正能量。

如果要找几个关键词比如：荒野、猎人、冒险、传奇等等，类似电影，好莱坞也出产不少，早期有《与狼共舞》《关键协议》，后来有《赏金猎人》《人狼大战》《老无所依》等，每部电影都有值得点赞的内容，其中，《与狼共舞》《老无所依》曾获奥斯卡最佳影片，但《荒野猎人》中出色的镜头、恰到好处的画面叙事，在技术层面达到了不可估量的高度。特别在格拉斯的生存与复仇之外，嵌入了十九世纪美国入侵者和印第安人的种族和利益冲突，凸显了猎人复仇背后的残酷历史原貌，加强了影片的张力和价值厚度。最终，它获得88届奥斯卡最佳导演、摄影奖，莱昂纳多凭此片获得最佳男主角，斩获影帝。

有人说：为得到小金人，小李子也是拼了。但从1997年《泰坦尼克号》至今，莱昂纳多主演的高分影片很多，《逍遥法外》《血钻》《盗梦空间》《华尔街之狼》《谎言之躯》《禁闭岛》等等，从《泰坦尼克号》中杰克这个小鲜肉到《荒野猎人》中休·格拉斯这个沧桑男，各个角色的塑造都让人印象深刻。一步步走来，他的人生阅历丰富而精彩，他的戏路宽广而自如，他的演技也有着惊人的进步。在奥斯卡领奖台上，他陪跑多次，此次登临巅峰也是众望所归。

看到《荒野猎人》中休·格拉斯在雪原中眺望远方那坚定的眼神，便想起NBA球场上的科比，从左腿到右腿，伤痛再伤痛，但他从没有放弃，眼神毅然望着胜利的远方，背上整支球队渺茫的梦，迈着沉重而坚定的脚步，一次又一次站上罚球线，一次又一次来到那个梦起飞的原点……莱昂纳多演戏总是激情昂扬，全力以赴，从不演烂片，一如科比打球一般投入和敬业，期待莱昂纳多有新的突破，有更好的作品惊艳面世。

相见不如怀念

每每读到鲁迅的《故乡》，心中就有一种莫名的酸楚，不只为那些远近横着的萧索的村落，不只为时光流逝不再西施的杨二嫂，单就“我”与闰土二十年后相遇的瞬间，就足以让人黯然神伤，浮想联翩。

记得同学阿豆，是我少年时候最好的伙伴，读书时几乎形影不离。他家住在学校附近，经常带我和阿坤等几位死党“走南闯北”“攻村拔寨”，校园后面的田野里留下了我们快乐的足迹，篮球场上有我们嬉戏打闹的身影。多年后，我走上教师岗位，几经变动，所在学校离阿豆家不远。于是，便经常打听阿豆的消息，阿豆常年在外打工，娶一邻县的女子，春节期间，他便要去邻县走亲、拜年，很少在家逗留。

偶然一次，我与阿豆在马路上相遇了。虽相隔近二十年，远远看去，一眼便认出，儿时的记忆从大脑的底片中迅速被翻起，血一般涌上心头，执手寒暄，了解对方的情况后，发现竟无话谈起，不着边际地闲聊几句，便挥手告别。走出几步，我总觉不对劲，正如《故乡》里所说，这不是我的故乡，我的故乡美丽多了，这不是我与阿豆相遇的情景，我们相遇的情景应该融洽热闹得多。我便回头，似乎想抓住阿豆，重新再来一次。

闰土的一句“老爷”，让“我”寒噤，也令万千读者感伤，随着时光的流逝，人们越来越体会到其中的悲凉。很多时候，这不完全是身份的悬殊、地位的不同，更主要的是韶华已逝、时空无法逆转。

人生中最欢乐、最纯真的一段时光无非就是少年，大多数人在回忆过往时，往往也从少年开始。《故乡》中的“我”再也寻不回与闰土雪地捕鸟、一道看瓜的美妙时光了，而那段时光是那样的无忧无虑、澄澈空明。“我”未来的路走得坎坷、艰难，甚至辨不清方向，这让“我”对过去时光的追忆以及对闰土现状的关切变得更为强烈。

今年春节，阿稳（军校毕业，在外省医院工作）回家探亲，于是，我便想到搞个同学聚会，联系到阿坤，他正好回家过年，爽快答应，听语气感觉这样的聚会早就该搞了。我忙联系阿豆，不在家，他父母答应转告。最后再通知阿稳，阿稳也是开心应允，可具体到日期时，他有点儿迟疑了，近两天他家不少亲戚需要走访，他提出不行就往后面推推。

两天后，再分头联系，原先约好的同学，已有多人身处外地，无法返回。这一推，一次理想的聚会就给推掉了。似乎，原先的激情必须迅速点燃，否则，就会慢慢冷却，直至消退。想想大家委实太忙了，短短的几天春节假期，有多少无法推辞的拜访和聚会在等候。

无法回避现实，少年的时光已相隔很远，种种原因，大家很难再找到原先的感觉和激情了。可师范同学毕业时间不长，十年、十五年也该聚首一次吧，就是遗憾，很多同学已多年杳无音信，联系起来十分困难。在单位，羡慕所教的初中毕业生们在网上建起的同学交流平台，嫉妒同事聚会回来时写在脸上的那种抑制不住的兴奋。

然而，话又说回来，就像我与阿豆在路边偶遇，却变成了熟悉的陌生人；就像“我”和闰土二十年后的相聚，尴尬写在脸上。“厚障壁”横在心中，那还真是相见不如怀念：在心中永远记挂那轮金黄的圆月，还有碧绿的瓜地和英雄的少年。

我们为什么要坚守

看过一部电影，名字叫《真相至上》，主人公瑞秋在风暴来临之前，只是报社里一名普通的女记者、一个写作者的妻子、一个帅气小男孩的母亲。但是，在她发表的揭露总统发动战争的决策是失误的一篇报道中，泄露了一名中情局女特工的身份，这场风暴骤然而至，彻底毁了她的生活。

根据美国法律，暴露中央情报局特工身份是严重违法的行为，等同于叛国罪。因此政府派出特别检察官对瑞秋施压，要求她说出消息来源，即可全身而退。此后几乎所有人都在质问瑞秋这个问题，在法庭上、报社里、看守所内，面对法官、特别检察官、报社领导甚至是自己丈夫的一次又一次的逼问，瑞秋像当年水门事件中的名记者伍德沃德和伯恩斯坦那样，坚守着职业道德和个人原则，誓死保护自己的线人。

个人的权利在联邦政府的权力面前显得苍白无力。入狱三年后，受尽折磨的瑞秋被释放，她平静的眼神穿越时光的隧道落在一名活泼可爱的小女孩身上，她就是消息来源者——中情局特工的女儿。这样一个具有黑色幽默而又震撼有力的结尾，带给观众是浓浓的心酸和深深的思考。

这样的坚守是否值当？付出惨痛的代价有否必要？

发出这样的疑问的同时，我想到了另一部电影《拯救大兵瑞恩》为救一名普通大兵，军事委员会兴师动众地组成营救突击队，最后，以牺牲多名特种兵为代价救出了瑞恩，这样的拯救值当吗？

坚持职业道德和原则底线就像守住头顶上那片由自由打造的灿烂星空，这是一个文明国家的公民最起码的权利。当这种坚守与体制发生矛盾时，是委曲求全还是抗争到底，不同的人会做出不同的选择，后者往往成为推动社会进步甚至变革的力量。

上《愚公移山》时，学生提出质疑，愚公干吗不搬家？如果在铲平大山和搬家之间选择，后者确实成本低，来得快捷，但愚公决定“叩石垦壤，箕畚运于渤海之尾”。最初的愿望是出行方便，后来的执着坚定就是实现一种理想——挑战命运，征服自然。

在国家重器面前，弱势的瑞秋让人同情。在支持有限，同时与丈夫离异，又面临孩子的不理解的情感冲击下，她的坚持更令人崇敬。而神话故事中，年且九十的愚公的执着和顽强又是那样的让人鼓舞和感动。

其实，坚守从来就不是一种迫切的人性需要，而放弃或转变比它来得更容易，只有在比较当中，坚守的重要意义才能显现出来。

我们身处一个互联网恐慌的时代，技术狂飙突进，信息空前爆炸，碎片化阅读成为平常，各种相似或相左的观点充塞其间，我们还能坚持理性阅读，不忘初心吗？我们还能坚守纯洁的阵地，不为所动吗？我们还能听从自己的声音、自己的选择，不让谎言长驱直入，不让鸡汤腐蚀个公众号上，该文联一月一评，奖金和网友的赞赏金同步发放。收赞赏金时，付收两方互不认识甚至都不了解，只因在一个平台互动，遵守一个规则，建立一种诚信，就完成了一次不动声色的交集。当从陌生人的微信窗口点开红包时，我的内心很是激动也感到温馨，为的是那一份真诚的信任。

微信红包更活跃的地方是在微信群，增强的是娱乐性，红包像定时炸弹一样，一旦出现，潜水的“鱼”便欢呼雀跃，抢声一片，气氛热烈。进群发红包，算见面礼；群主发红包算欢迎；逢年过节发红包算喜庆；遇到开心的事发红包算庆祝。

微信同学群里，天南海北的同学聊得兴起，发几个红包抢抢，活跃一下氛围，就当是玩游戏一样，如果中间夹几位美女或资深美女，再来那么两句，“那位发红包的好帅啊！”“一分也是爱”，那骚包男们发得可勤了，想想，多年未见，有多少的话欲说还休，有多少朦胧的情欲抒又止，这都是人之常理，无可厚非。也有玩得过头的，几位在外打拼成土豪的私下君子协议，定时间定数额定规则，一发就是两三个小时，整个红包量多达数万元，运气差的一晚就要赔上好几千甚至上万，说是玩玩游戏，俨然是把微信平台当赌博道具了。

如果，一个群里人多，土豪多，红包的量就大得惊人，竟然也催生了一个靠抢红包生活的群体——寄生红包族。

那日，去菜市场买菜，两位打扮时尚、妆容俗气的年轻女子在对话：“前几天在商场里看中了一件红色裙子，挺贵买不起。”

“买不起，钱不够吗？”

“是呀，要不你借点儿，那件裙子我特喜欢。”

“你真是out（过时）了，借钱不用还啊。”

“那咋办？”

“你总认识几个朋友吧，找个人多的群，让朋友把你拉进去，整日潜水，见红包就抢，抢够了，再出来，神不知鬼不觉。”

“嘿，真是好主意！”

这无关情与理，抢红包成了一种敛财的手段。

写到这儿，想到一个真实的事情，亲友群里，一位四十出头的女性亲戚，身患癌症，数年卧床不起，刚开始看望她时，她还能谈笑自如，要与病魔斗争到底，后来，她状况越来越差，几次从死亡线上抢救回来。闲聊时，她说，我整日没事，只看看你们讲话，也就很开心。她也露面，每次上来时，总是先发一个红包，祝大家身体健康，再讲两句近况如何。亲友们见到她出现，都欢呼雀跃，红包像雨点一般持续飘落，希望她坚强面对，开心快乐每一天。如果一段时间她不出现，亲友们就开始担心了，私下里了解她的情况，近处的就去探望她，直至她的红包再次出现，讲那句一直没变的话，祝大家身体健康，亲友们的心就放了下来。

那个不定期出现的红包，就像一个生命的信号、一座温暖的灯塔，充满了浓浓的正能量，暗夜里，她还在，不曾远去。

小小的微信红包，就像一面镜子，折射出来的是生活百态、人间冷暖。

奔跑如风

鲁求平

早年在县城读师范，体育是必修课，异常重视。开学第一天清晨，便起床跑步，涩涩的怯怯的，一看就知道是刚入学的，二百米跑道三四圈下来，便气喘吁吁。晚上，个个坐在床上，唉声叹气，不能动弹，脚肿得像八月的葡萄，红紫相间。当老班走进寝室时，我们把他当亲妈了，就差点儿没哭着投怀送抱。老班说没事，用热水泡一下，两天就好了，立刻，整个寝室里阴霾的氛围一扫而空，一下子就温暖起来。

两天后，脚恢复原状，我就继续跑步，就这样，一跑就是四年，不管夏热冬寒，不管春雨秋霜。

一次回家，冬晚，和父亲一起泡脚，父亲指着我的小腿跟妈妈说："这小腿多结实，比我的都粗了。"父亲是个庄稼汉，强劲有力的腿部肌肉是多年负重锻炼的结果，只是，父亲是在田间劳作，我是在学校奔跑。

毕业后，来到一小镇教书，青石板铺就的街道，两边是粉墙黛瓦的老式建筑，虽破旧低矮，却透露出一种古朴的意蕴。学校不大，面街而建，操场很小，没有跑道，一根水泥柱顶着一个篮球板，篮圈不知去向，另一根架子早不见了，据老教师说要倒了，怕出安全事故，就拆了。

没有场地，没有同学，没有了感觉，也就提不起跑步的兴趣了。后来，环境熟悉了，学校后面有一条小河，河堤上一片清静，偶尔早起就奔向那河堤，来回跑个两趟，像戒赌多年的好手，忍不住放荡两次，慰藉一下当初那个跑瘾了。只是，须起得很早，否则就要遇上赶早集的村民了，他们好奇的眼神会令你索然无味。

又一个四年过去了，加在一起也没跑到一百个早晨，倒是晚上，几个单身汉经常把街道上青面反光的石板路叩得清脆入耳。

或许本就是一位匆匆过客，打马过街时，只惹得窗后相思几缕。古老集镇只适合两友对坐，于窗外雨打芭蕉声中，细细小酌，不适合大汗淋漓喧哗吵闹的畅饮。只适合小巷深处，白发老翁手扶烟斗，悠闲而过，不适合风风火火，袒胸露乳的快速奔跑。古镇于我，犹如嚼蜡，本没有滋味，离开时，自然也没有过多的留恋。

来到新的学校，结婚，女儿出生，自己学历提升等等，人忙得像陀螺，似乎，一切事情只是刚开始，全部都是新鲜，永远理不出头绪。

几年下来，体育课上看到学生压腿，奔跑，恍如隔世。学校建了一个简易篮球场，几位年轻教师前呼后拥地上场，缺人打全场时，硬拽着我上去充数。我突然有种很羞怯的感觉，似乎是第一次打篮球，打了几场后，熟了，三步上篮，小勾手，也行云流水了，还偶尔当个裁判。小青年像发现新大陆似的，惊羡不已。可是好景不长，两年不到，篮球板损坏，钢板支架也歪斜不支，本是小厂赞助，又缺少维护，自然就这个结果。

奔跑如风的感觉再次淹没在烟火红尘中。

女儿逐渐长大，记得刚会走路时，喜欢带她去爬教学楼的楼梯，开始要用手牵，后来她一手扶着栏杆，一步步爬上去，下来时就扶墙壁，再后来，就无须借助外物上下自如，再后来，她在楼梯上就奔跑如小鹿了。

想起励志电影《阿甘正传》中的阿甘一生都在奔跑，幼时被人欺辱时，跑得比汽车还快；战火中快速奔跑救了多名战友；环美长跑——奔跑中，他拾起了信心，寻到了爱情，也升华了人生——他虽天生愚钝，但憨厚、淳朴、执着，叫人感动，令人赞叹。

想想，人生何尝不都像阿甘那样进行的是一场越野长跑。只是有人跑得快，有人跑得慢，有人绕了路，有人抢了捷径。

时间就像流淌在枕边的一条河，哗哗地不分昼夜。一晃，女儿已经上初中了，体育考试由过关到算中考分数，分数由少到多。这样，一股体育锻炼之风已迅雷之势普及各地中小学，增强体质从学生抓起，学校也投入很大，购买了十几张乒乓球桌，新建了两个篮球场，单杠双杠爬杆、塑胶环形跑道一应齐全。可女儿独自锻炼总也不习惯，于是，她跑步锻炼时我便陪同，在朝晖升起时，在夕阳未落前。

重拾奔跑如风的感觉，有着青春的活力和岁月的厚重。望着女儿稚嫩的肩膀，倔强向前的背影，我又想起多年前师范寝室里的那个晚上，想起不停奔跑的憨憨的阿甘——为了一个信念为了一个梦想，我将一直奔跑下去。

1. 请你筛选文中描写作者三次奔跑的有关信息，填写在下面的横线上。（4分）

读师范时在学校操场上奔跑→__________→__________